행복도 내가 만드는 것이네
불행도 내가 만드는 것이네
진실로 그 행복과 불행
다른 사람이 만드는것 아니네

_법구경

법륜 스님의

행복

행복해지고 싶지만 길을 몰라 헤매는 당신에게

법륜 스님의

행복

법륜 지음

나무의마음

머리말

어떤 삶을 살고 있더라도
당신은 행복해질 권리가 있습니다

제가 강연장에서 사람들에게 "지금 행복하십니까?"라고 물었을 때 "예"라고 대답하는 분이 거의 없습니다. 저마다 개인적인 고민과 상처, 관계 맺기에서 오는 갈등, 부조리한 세상에 대한 좌절과 스트레스, 그리고 미래에 대한 불안으로 괴로워합니다.

인생을 살다보면 온갖 일이 다 생깁니다. 대부분 내가 바라는 대로 되지 않지요. 가령 사랑받고 싶은데 오히려 상처받고, 엄청나게 배려해줬는데 상대에게 뒤통수를 맞기도 합니다. 그러나 이 세상에 저절

4

로 일어나는 일은 아무것도 없습니다. 그렇다고 신의 뜻도 아니고, 전생의 죄 때문도 아니고, 우연히 일어난 일도 아니에요. 단지 내가 그 원인을 모를 뿐입니다. 만약 우리가 그 괴로움이 어디서 오는지 알게 된다면 문제해결의 길도 쉽게 찾을 수 있을 겁니다.

우리가 행복하지 못한 원인 가운데 많은 부분이 내려놓지 못하는 데서 비롯됩니다. 가령 어떤 사람이 나에게 욕을 했어요. 그것은 그 사람이 나에게 쓰레기 봉지를 건넨 것과 같습니다. 그런데 우리는 그 더러운 봉지를 움켜쥔 채 "그 사람이 나한테 욕을 했어" "그 사람이 나를 무시했어" 하면서 평생 그 쓰레기를 뒤지며 삽니다.

하지만 그 움켜쥔 마음을 가지고서는 결코 행복의 길로 들어설 수 없습니다. 만약 상대가 쓰레기 봉지를 건네더라도 받지 않든가, 무심코 받았다 하더라도 "에잇, 더러워" 하고 금방 버려야 하는데 우리는 그것을 가슴 깊은 곳에 간직하며 삽니다. 그래서 사는 동안 아무리 열심히 노력해도 행복하기가 어려운 거예요.

우리의 행복을 방해하는 원인은 다양합니다. 내 생각에 사로잡혀 스스로 괴로움을 확대재생산하는 것일 수도 있고, 채워지지 못한 욕구 탓일 수도 있고, 잘못 길들여진 습관 때문일 수도 있고, 어쩌면 공정하지 못한 사회 탓일 수도 있겠지요.

만약 개인의 마음작용이 부정적이어서 괴로움에 빠져 있다면 그 마음의 습관을 고쳐나가고, 관계 맺기가 잘못되었을 때는 갈등의 원인을 살펴보고 해결점을 찾아야 합니다. 사회제도가 문제라고 생각될 때는 일단 주어진 조건 안에서 최선을 다해 적응해보고 잘못된 게 맞다는 확신이 서면 개선하려고 노력해야 해요. 보통은 바꾸려 노력도 해보지 않고 불만에 사로잡혀 사는데, 그래봐야 세상은 변하지 않고 나만 괴롭습니다.

태어난 사람은 누구나 다 행복하게 살 권리가 있습니다. 그 권리를 누리지 못하고 괴로움 속에서 헤매는 사람들을 위해 제가 지금까지는 수행차원에서 개인이 가져야 할 마음가짐을 주로 이야기했지만, 이 책에서는 행복의 수레를 끄는 또다른 바퀴인 사회의 변화도 함께 다루려고 합니다. 결국 개인의 마음(씨앗)과 사회적 조건(밭)을 함께 가꿔야 온전하게 행복해질 수 있기 때문입니다.

개인의 행복과 좋은 사회 만들기는 별개가 아니에요. 우리가 사는 세상은 개인만 잘한다고 좋아지는 것도 아니고, 주변 조건이 좋아진다고 개인이 행복해지는 것도 아닙니다. 행복과 불행은 내 마음가짐과 주변 환경이 맞물려서 오는 결과입니다.

따라서 남 탓하기 전에 나를 먼저 돌아보고 마음공부를 하되, 부조리한 현실을 개선하려는 책임의식도 함께 가져야 합니다. 그것은 결국 우리 자신을 위한 일입니다. 개인이 아무리 마음을 단단히 먹고 잘 살려고 해도 세상이 잘못 돌아가면 그 피해가 고스란히 개인에게로 돌아옵니다. '나만 아니면 된다'거나 '설마 나에게 그런 일이……' 하는 안일한 생각은 아무런 방패막이가 되어주지 못합니다.

온전한 행복의 길로 들어서기 위해서는 이제부터라도 내 삶의 주인이자 이 세상의 주인으로서 내 행복은 누가 가져다주는 게 아니라 내가 만든다는 생각으로 살면 좋겠습니다. 우리 한 사람 한 사람은 우주의 티끌같이 작은 존재지만 이런 주인의식을 가질 때 나를 변화시키고 세상을 변화시키는 큰 힘을 발휘할 수 있습니다.

나 혼자만 성공하겠다거나 나만 잘살아보겠다는 생각이 아니라 이 세상에 필요한 사람, 세상에 기꺼이 쓰이는 사람이 되겠다는 마음으로 살아갈 때 자기도 행복하고 세상에도 보탬이 됩니다. 그때 행복은 꿈이 아닌 현실이 되고, 이것은 우리가 행복해질 권리를 실천하는 길이기도 합니다.

이 책이 삶에 지치고, 관계에 상처받고, 부조리한 세상에 고통받는 이들에게 미약하나마 행복의 길잡이가 되기를 바랍니다.

2016년 1월
새해를 시작하며
법륜

•차례•

머리말 어떤 삶을 살고 있더라도
      당신은 행복해질 권리가 있습니다   4

1 왜 내 삶은 원하는 대로 되지 않을까

선택과 자기모순   16
이상과 현실 사이에서 방황하고 있다면   24
허위의식의 감옥에서 걸어나와라   32
행복의 비결   44
욕심은 내려놓고 원은 세운다   55
인연과보에도 시차가 있다   64

2 감정은 만들어진 습관

좋고 싫음의 감정에서 자유롭기   76
화, 상대와는 무관한 내 안의 도화선   84
참지도 성내지도 않는 제3의 길   93
상대의 말에 되받아치지 못해 억울하다면   101
과거의 상처를 인생의 자산으로 만드는 법   107
후회는 지나간 실수에 매달리는 것   113
불안은 미래에 대한 집착에서 온다   120
열등감과 우월감은 뿌리가 같다   130
마음은 생주이멸生住異滅   137
만들어진 습관은 고칠 수 있다   143

3 나와 생각이 다른 사람과 함께 사는 법

모든 갈등은 관계 맺기에서 시작된다   152

좋은 사람 vs 나쁜 사람   159

세상에 다 갖춘 사람은 없다   165

행복한 결혼의 조건   176

남 보기 좋은 인생 말고   182

중도의 길을 알려주는 직장 상사   189

대부분의 관계는 이기심에서 시작된다   194

'기브 앤 테이크'는 거래지, 관계가 아니다   205

책임감으로 살면 인생이 공허해진다   210

의지하는 마음은 원망하는 마음의 씨앗   217

남의 인생에 간섭하지 마라   223

나무는 서로 어울려 숲을 이룬다   231

4 남의 불행 위에 내 행복을 쌓지 마라

진정한 성공이란   240

남의 불행 위에 내 행복을 쌓지 마라   247

욕망은 장작불과 같다   256

욕구의 3단계: 욕구와 욕망 그리고 탐욕   263

개인은 씨앗, 사회는 밭   273

사냥꾼 두 사람이 토끼 세 마리를 잡았다면   280

남을 비난하기 전에 나부터   286

나도 행복하고 남도 이롭게 하는 길   294

5 어제보다 오늘 더 행복해지는 연습

시비분별의 마음을 내려놓고　　　　　　　　　　　　306

통찰력, 고통에서 벗어나 사물의 전모를 보는 지혜　314

갈등을 키울 것인가, 아니면 이익을 얻을 것인가　　323

타인을 위로할 때 얻는 공덕　　　　　　　　　　　334

사랑에도 차원이 있다　　　　　　　　　　　　　345

행복은 재미와 보람 속에 있다　　　　　　　　　　352

인생의 시간을 행복하게 나누어 쓰는 법　　　　　　359

어떤 순간이라도 우리는 행복을 선택할 수 있다　　367

1

왜 내 삶은
원하는 대로
되지 않을까

버스 정류장에서 같은 버스를 기다리는 사람이
여럿이라도 속마음이 다 다릅니다.
'이놈의 버스가 왜 아직 안 오나'라며
발을 동동 구르는 사람이 있는가 하면,
'아침에 집에서 잔소리만 안 들었어도 벌써 갔을 텐데' 하고
남 탓하는 사람도 있고,
'차가 이렇게 뜸하게 오면
차 안에 사람이 엄청 많을 텐데' 하고
미리 걱정하는 사람도 있지요.

그러나 그 와중에도 여유를 즐기는 사람도 있어요.
'어차피 내가 안달한다고
버스가 더 빨리 오는 것도 아닌데' 하고
느긋하게 기다립니다.
마침내 도착한 버스에 사람이 빽빽하게 차 있더라도
'이렇게라도 타고 가니 참 다행이다'라고 생각해요.

결국 이 짧은 순간순간들이 이어져 인생이 됩니다.
그런데 우리는 이 소중한 순간들을
불안해하고 조바심치느라
놓쳐버리고 뒤늦게 후회합니다.

조건이 나쁠 때는 좋아지기만 바라느라 눈이 멀고,
조건이 좋아지면 이제는
그 좋은 조건이 사라질까봐 전전긍긍합니다.
그러느라 한번도 제대로 행복해보지 못한 사이
시간은 쏜살같이 흘러갑니다.

선 택 과
자 기 모 순

우리는 누구나 그때그때 '이것이 좋은 일이다' 하는 것을 선택하고 삽니다. 그런데 살고 나서 결과를 보면 그때 좋은 일이 나중까지 꼭 좋은 일은 아니라는 것을 알게 됩니다. 예를 들어 행복하려고 결혼했는데 결혼생활이 오히려 불행의 원인이 되고, 더 행복하려고 자식을 낳아 키웠는데 무자식이 상팔자라고 할 정도로 자식 때문에 괴로워합니다. 돈을 벌려고 사업을 시작했는데 벌기는커녕 빚만 떠안게 되는 일도 부지기수예요. 이렇듯 의도와 결과가 맞지 않아 후회하고 괴로워하는 일이 많습니다. 그러다보면 이런 의문이 들기도 합니다.

'내가 정말 중심을 잡고 잘살고 있나?'

'그냥 세상에 휩쓸려서 여기까지 온 건 아닌가?'

과연 우리는 각자 자기 삶의 주인으로 잘살고 있는 걸까요?

어떤 사람이 집도 버리고, 재산도 버리고, 명예도 버리고, 애욕도 버리고, 오로지 깨달음을 얻기 위해 출가를 했습니다. 그런데 몇 년 스님들과 같이 살다가 '이렇게 대중생활을 하면서는 도저히 깨달음을 얻지 못할 것 같다'고 생각한 거예요. 여러 스님들과 함께 모여 살면 소임도 맡아야지, 밥도 지어야지, 이것저것 할 게 너무 많아서 수행할 시간이 부족하게 느껴졌어요.

'차라리 아무도 없는 산속에 들어가서 혼자 수행만 실컷 해야겠다.'

이렇게 생각하고 마을에서 이삼십 리 떨어진 깊은 산골짜기에 혼자 들어갔어요. 일단 비바람을 맞고 살 수는 없으니 먼저 초막을 지어 거처를 마련하고, 먹을 것은 마을에서 구해다 먹었습니다.

그러다보니 대중생활을 할 때보다 오히려 일이 더 많아졌어요. 초막을 지었더니 수시로 보수를 해야 하고, 먹을 것을 한꺼번에 다 구해놓을 수 없으니 거의 매주 이삼십 리 길을 왔다갔다해야 했습니다. 짚신도 이전보다 빨리 닳아 떨어진 탓에 더 자주 새로 삼아야 하니 도저히 수행할 시간이 부족한 거예요.

거기다 설상가상으로 몸에 병까지 들어 의사에게 갔더니 영양실조라면서 하루에 우유를 한 잔씩 마시라는 거예요. 산골에 우유가 어디 있겠어요? 어쩔 수 없이 매일 마을에 내려가 우유 한 잔을 마시고 올라오게 되었습니다. 그러나 그것도 고역이라 또다른 방법을 찾았어요. 아예 염소 몇 마리를 구해서 산으로 데리고 간 거예요.

염소젖을 직접 짜서 먹으니 마을까지 내려갔다 올라오는 수고는 덜게 됐는데, 새로 할 일이 더 많이 생겼습니다. 염소를 풀어놓으면 도망가니까 매어놓고 옮겨주어야지, 풀 먹여야지, 풀 먹이려면 풀을 베어다 쌓아놔야지……, 염소 때문에 우유는 먹게 되었지만 염소를 키우느라 수행할 시간은 오히려 더 부족해졌어요. 그래서 이대로는 안 되겠다 싶어서 목동을 한 명 구했습니다.

그런데 목동이 공짜로 일을 해줄 리 없잖아요. 전에는 탁발해서 자기 먹을 것만 구하면 되었는데, 이제는 목동이 먹을 음식과 목동에게 줄 수고비까지 마련해야 하니 탁발하는 시간이 훨씬 더 많이 걸렸습니다. 또다시 방법을 바꿔야겠다고 생각했습니다.

'이러느니 차라리 결혼을 하는 게 낫겠다.'

그래서 결혼을 했더니 목동에게 인건비 줄 일도 없고 살림도 대신해주는 사람이 있어 참 좋다고 생각했어요. 이제는 정말로 수행에만 전념하면 될 것 같았는데 덜컥 애가 생긴 거예요.

이렇게 해서 오직 깨달음을 얻겠다고 집과 가족을 버리고 절에 들어간 사람이 결국은 깊은 산속에서 결혼해서 애 낳고 다시 하루하루 먹고살기 바빴다는 이야기예요.

이 수행자의 인생을 살펴보면 참으로 어리석다 싶을 겁니다. 그런데 대부분 지금 사는 모습이 딱 이 수준이에요. 순간순간 선택은 잘한다고 하지만 나중에 지나놓고 생각해보면 그 순간의 편안함과 안락함에 빠져 본래의 목표와 의미를 잃어버린 것이지요.

사람이 결혼을 했으면 그 도리에 맞게 살아야 하고, 스님이 수행자로 살겠다고 출가했으면 또 그 도리에 맞게 살아야 합니다. 이렇게 인생의 목표를 분명히 하고 살아야 괴로움이 적어요. 그런데 우리는 세상살이가 고달프면 "나도 머리 깎고 출가하고 싶다"라고 말하고, 출가한 다음에는 "수행하는 게 너무 힘들다"라며 오히려 세속의 삶을 부러워합니다.

우리가 살다보면 인생의 목표를 분명히 하지 못해 본래 목적을 잃고 이 수행자와 같은 어리석음을 범할 때가 많습니다. 이럴 때는 길이 두 가지입니다. 하나는 처음에 세웠던 목표는 접어두고 현실에 맞춰 살면 돼요. 그렇게 살아도 아무 문제가 없습니다. 다른 하나는 목표에서 벗어났다는 것을 깨달은 순간 그 자리에서 바로 멈추고 본래 자리로 돌아와야 하는 겁니다.

우리는 습관적으로 "돈만 있으면 행복할 것 같다" "결혼만 하면 행복해질 것이다"라고 말합니다. 하지만 돈 벌어서 결혼을 해도 마냥 행복하지는 않습니다. 이번에는 "아이만 하나 낳으면" 하고 바라고, 막상 아이가 생기면 "애가 초등학교만 들어가면" 하고 말해요. 그걸로 끝나지 않습니다. 아이가 초등학교에 다니면 "애가 중학교만 가면" 하고 말하고, 아이가 중학교에 들어가면 또 "애가 대학에 갈 때까지만" 하고 행복을 미뤄요. 그래서 아이가 대학에 합격하면 행복해지는가 하면 그렇지 않습니다. "취직만 하면" "결혼만 하면" "손자만 낳으면", 그다음에는 또 "손자만 다 크면"이라고 말해요. 평생 이렇게 행복의 조건만 바꿔가며 살다가 제대로 행복의 맛도 보지 못하고 죽는 게 우리 인생입니다.

부와 명예와 가족과 친구는 고통의 원인도 아니고 행복의 조건도 아닙니다. 우리가 어떤 때는 그것 때문에 행복하다고 했다가, 또 어떤 때는 그것 때문에 괴롭다고 하는 거예요. 그렇게 양극단을 오락가락해서는 괴로움에서 결코 벗어날 수 없습니다.

만약 결혼해서 가정이 있다면 이런저런 고민하지 말고 이렇게 생각해보세요.

'아내(남편) 있겠다, 집 있겠다, 직장 있겠다, 천하에 부러운 게 없다. 내 인생이 최고다.'

현재의 자기 삶을 긍정적으로 받아들이면 삶이 자유롭고 행복해집니다. 그래도 뭔가 이루고 싶은 목표가 있다면 무작정 앞만 보고 달리던 습관을 멈추어야 합니다. 자꾸 "내일부터" "모레부터" 하면서 미루지 말고, 지금, 여기에서 내가 행복해야 합니다.

인생에는 정답이 없습니다. 자기가 선택한 대로 사는 것뿐입니다. 그런데 우리가 이럴까 저럴까 망설이는 것은 선택에 대한 책임을 지고 싶지 않기 때문입니다.

우리 삶은 어떤 것이 좋다 나쁘다 잘라 말할 수 없어요. 선택과 그것에 따른 책임이 있을 뿐입니다. 이때 자기 선택에 대한 책임을 진다는 것은 선택의 결과를 기꺼이 받아들인다는 것입니다. 이렇게 지은 인연의 과보를 기꺼이 받아들이면 어떤 일이 일어나도 괴로워하거나 원망할 일은 없습니다. ✿

이 상 과 현 실
사 이 에 서
방황하고 있다면

남들은 꿈을 좇아 열심히 사는 것 같은데 왠지 나만 뒤처지는 기분이 들 때가 있습니다. 게다가 이루고 싶은 꿈, 하고 싶은 일이 있는데도 현실적인 여건 때문에 포기할 수밖에 없다면 마음의 갈등이 더 크겠지요.

한 30대 남성이 자신의 꿈을 포기하고 어쩔 수 없이 직장생활을 하고 있는데 그런 현실이 너무 괴롭다며 이렇게 하소연했습니다.

"경제적 여유만 있다면 적성을 살려 제가 하고 싶

은 디자인 공부를 다시 시작해보고 싶습니다. 그런데 결혼도 하고 아이도 생기다보니 직장을 그만두고 꿈을 찾는 것은 점점 더 어려워지는 거 같습니다. 이대로 꿈을 포기하고 하루하루 살아도 될까요?"

우리는 흔히 적성에 맞는 일을 해야 행복할 거라고 생각합니다. 그러나 적성이란 있다고도 할 수 있고 없다고도 할 수 있습니다. 저는 과학자가 되는 것이 꿈이었고 적성에도 맞다고 생각했습니다. 장래희망에 종교인은 단 한 번도 고려해본 적이 없었습니다. 그런 제가 과학자가 아닌 종교인으로 살아가면서 얼마나 많은 번민과 갈등이 있었겠어요?

그런데 고등학생 시절 출가해서 지금까지 종교인으로 살면서도 과학은 제 삶 속에서 늘 새롭게 응용되었습니다. 원래 과학에 관심이 있던 까닭에 종교에서도 허황된 요소는 믿지 않고 멀리했습니다. 대신 '어떻게 해야 사람들이 불법의 이치를 쉽게 이해할 수 있을까?'라는 문제를 두고 고민했어요. 그러다보니 부처님의 가르침을 전할 때에도 앞뒤가 맞고 논리가 정연하도록 강의하려고 노력했습니다. 결국 어떤 일을 하든 거기에는 개인의 성향이 작용하게 됩니다.

'내 적성은 과학에 맞으니까 나는 반드시 과학에 관련된 일을 해야 한다.'

이런 생각은 고정관념일 뿐입니다.

내 적성이 어떤 직업에만 딱 맞는다고 단언할 수는 없습니다. 그러니 무슨 일을 하며 살든 어떤 직업을 선택하든 최선을 다하다보면 그 일에서 자연스럽게 자신의 적성을 발휘하게 됩니다.

직업을 선택할 때 젊은이들에게 "진짜 하고 싶은 일을 하라" "가슴 뛰는 일을 하라"는 말을 많이 합니다. 그런데 이 말의 참뜻을 잘 새겨들어야 합니다. 이 말의 의미는 돈과 명예, 안정만을 좇아 의사나 변호사, 공무원이 되려 하지 말고 자기 적성에 맞는 일을 찾으라는 뜻입니다. 자기가 잘할 것 같고 꼭 하고 싶은 일이 있다면 사람들이 흔히 말하는 '잘나가는 직업'인지 아닌지를 너무 따지지 말고 당장 돈이 되지 않더라도 도전하라는 의미예요. 세상에서 좋다고 평가되는 것이 나에게 반드시 좋은 것은 아니기 때문에 무조건 세상 사람들이 좋다는 길로 따라가지는 말라는 것입니다.

그렇다고 '나는 왜 좋아하는 일이 없을까?' '나는 왜 이것 아니면 안 된다고 목숨 걸고 싶은 일이 없을까?' 하고 고민할 일은 아닙니다. 그런 건 있는 사람도 있고 없는 사람도 있어요. 어쩌면 없는 편이 오히려 좋을지도 모릅니다. 무엇이든 주어진 대로 할 수가 있으면 삶이 더 자유로워지기 때문입니다.

밥 할 일이 있으면 밥하고, 빨래 할 일이 있으면 빨래하고, 강의할 일이 있으면 강의하고, 농사지어야 한다면 농사짓는 것, 이것이야말로 가장 높은 경지에 도달한 사람의 모습입니다.

'이 길만이 내 길'이라며 한 가지를 고집하지 않고

가리지 않는 자세야말로 최상의 자유입니다. 대부분의 사람들은 그런 수준에 이르지 못하기 때문에 다만 하나라도 붙들고 제대로 하라는 것입니다. 따라서 지금 당장 하고 싶거나 좋아하는 일이 없다고 해서 걱정할 필요는 없습니다.

또 하고 싶은 일을 할 수 없는 상황이라고 절망할 필요도 없어요. 가령 디자인 공부를 하고 싶은데 지금 공부할 상황이 안 된다면 고민할 게 아니라 지금 하는 일에서도 디자인 감각을 접목시킬 수 있습니다.

만약 이분이 스님이 된다면 어떨까요? 스님이 되어서도 디자인을 하지 않을까요? 승복을 디자인하는 데 관심을 가질 수도 있고, 절 정원을 가꾸는 데 관심을 가질 수도 있고, 절집 설계를 바꾸어 전통미도 살리면서 현대적으로 변화를 주자고 할지도 모릅니다. 어떤 일을 하느냐, 디자이너가 되느냐는 그다지 중요하지 않습니다. 인연이 되는 대로 무엇이든 하면서 자신의 적성과 장기를 살릴 수 있습니다.

꿈을 찾는다고 현실을 등한시하고, 미래의 행복을 위해서 좋아하는 것만 찾아다니면 인생을 허황되게 살기 쉽습니다. 그렇다고 현재의 밥벌이에만 급급하다보면 미래에 희망이 없겠지요. 그래서 우리는 이상을 좇을 것인가, 현실을 중요시할 것인가를 놓고 항상 갈등합니다. 그런데 이상과 현실은 모순관계에 있지 않습니다. 두 발은 현실에 딱 딛고 서서 두 눈은 이상을 향해서 한 발씩 한 발씩 나아가면 됩니다.

제가 30여 년 전에 처음으로 포교당을 열었습니다. 그때 복을 비는 기복신앙이 아니라 부처님의 바른 법을 가르치는 수행도량을 만들겠다고 서원誓願을 세웠습니다. 그래서 어느 절에 들어가 처음에는 제 나름의 뜻을 가지고 전법활동을 시도했는데, 그곳 신자들과 계속 갈등이 생겼습니다. 왜냐하면 그곳에서는 재를 지내고 기도를 하고 복을 비는 것이 자연스러운 신앙 활동이었는데, 제가 기복신앙을 버리고 수행하라고 가르쳤기 때문입니다. 그러다보니 주변에서 주지 스님께 "저러다 신도 다 떨어진다"라고 항의하는 사람들이 생겼습니다.

어쩔 수 없이 그 절에서 나와 건물에 조그만 법당을 내고 새롭게 포교활동을 시작했습니다. 이때 처음부터 사람들이 많이 찾아왔을까요? 아닙니다.

먼저 길거리에서 '부처님의 바른 가르침을 공부합시다'라는 광고 전단지부터 돌렸습니다.

그런데 첫 시간 강의에 두 명이 참석했다가 강의가 끝나고 나니까 한 명이 떨어져나가고 딱 한 명 남았어요. 3개월짜리 교육 프로그램이니 이쯤 되면 보통은 그 강의를 그만두게 되지요. 그런데 저는 그 한 명에게 3개월 동안 강의를 했습니다.

이 강의가 끝나자 수업을 들었던 한 사람이 지인 몇 명을 더 데려왔어요. 또다시 전단지를 돌리면서 몇 명이 더 참석하게 되었고, 이 사람들에게 또 3개월 동안 강의를 한 거예요.

그리고 법문을 하지 않는 날에는 아르바이트를 해서 운영 비용을 충당했어요. 그런 방식으로 4년을 병행하다가 법당만으로 유지될 즈음에 아르바이트를 그만두었습니다. 그렇게 한 사람, 한 사람이 모여서 오늘이 되었습니다.

만약 당시에 상황이 어렵다고 적당히 기존 방식과 타협을 했다면 제가 가고자 했던 이 길을 갈 수 없었겠지요. 물론 미래에 대한 꿈이 확실하다고 해도 현실적인 어려움이 닥치면 때로는 '내가 과연 지금 옳은 길을 가고 있나?' 하는 의심이 들 때가 있습니다. 그러나 '10년 후에 어떤 상황이 펼쳐질까?' 하고 미래를 예측해보면서 하루하루 새로운 방법을 연구하고 만들어가야 합니다.

좋은 미래는 막연히 기다린다고 오는 게 아니에요. 연구하고 도전해가는 과정에서 꿈꾸던 미래를 현실로 만들어가는 겁니다. 🌷

허 위 의 식 의
감 옥 에 서
걸 어 나 와 라
ㅣ ㅜ ㅣ ㅣ

사람들은 세상이 자기 마음대로 되지 않는다고 불만이 많습니다. 그렇다면 자기 자신에게는 만족할까요? 아닙니다. 대체로 자기 자신에게도 만족하지 못하는 것 같아요. 겉보기에는 아무 문제가 없고 남들이 부러워할 조건을 갖춘 사람도 자신에 대해 만족하지 못하는 경우가 많습니다. 대체 무엇이 부족해서일까요?

우리가 자기 자신에게 불만을 갖는 것은 뭔가 부족해서라기보다 스스로에 대한 기대가 너무 높기 때문입니다. 기대는 높은데 현실의 자기 모습은 거기에 미치지 못하니까 못마땅한 것이지요.

자기 자신이 부족하다고 느끼는 사람들의 마음을 가만히 들여다보면 그 바탕에는 자신이 대단한 사람이라거나 아니면 대단한 사람이 되어야 한다는 기대가 깔려 있어요. 또 이런 자기의 자아상에 집착해서 자기를 우월하게 여겨요. 그런데 현실의 자기가 그만큼 따라주지 않으니 답답해하는 것이지요. 그러다보면 어느 때는 남을 탓하며 원망했다가, 어느 때는 자기 자신의 무능력을 한탄하기도 합니다.

어떤 분이 좋은 부모, 좋은 환경을 만나지 못해 억울한 마음이 들다가도 그런 자신에 대해 죄책감이 들어 힘들다며 이렇게 물었습니다.

"지금까지 불우한 집안과 무능력한 부모를 원망하며 살았는데, 최근에 기도를 시작하면서 부모님에 대한 원망하는 마음이 많이 사라졌습니다. 그런 마

음을 가져서 죄송하다는 생각에 참회도 많이 했고
요. 그런데 이제는 이런 제 모습이 자꾸 못마땅하게
느껴져서 의기소침해지고 죄책감도 듭니다. 스스로
를 질책하고 억압하는 것 같기도 합니다. 어떻게 하
면 있는 그대로의 제 모습을 편안하게 받아들일 수
있을까요?"

부모님을 원망하다가도 '그래, 부모님이 나에게 많
은 것을 주셨는데 내가 그동안 바보같이 원망만 했
구나!' 하고 참회했다면 거기서 끝나면 됩니다. 원망
했던 나를 질책하는 것은 병을 고친 게 아니라 탓하
는 대상이 부모에게서 나에게로 옮겨진 것에 불과합
니다.

부모를 원망하는 것이 수행이 아니듯이 이미 지나
간 나의 어리석음을 움켜쥐고 '나는 왜 그렇게 어리
석었을까?' 하고 끊임없이 자책하는 것도 수행자의
자세가 아닙니다.

자꾸 자기를 질책하다 보면 마음이 우울해지고 점

점 심해지면 우울증에 걸릴 수도 있습니다. 우울증은 깊은 늪과 같아서 한번 어떤 생각에 사로잡히기 시작하면 순식간에 빠져들어, 그 생각이 현실처럼 느껴집니다. 그럴 땐 머리를 흔들고 생각의 늪에서 빠져나와야 합니다. 앉아 있을 때 우울한 생각이 나면 벌떡 일어나고, 서 있다가 우울한 생각이 일어나면 움직여서 분위기를 바꿔야 합니다. 목욕을 하든지, 산책을 하든지, 절을 하든지, 육체노동을 하든지 해서라도 우울한 생각에 빠져들 틈을 주지 말고 망상의 늪에서 재빨리 빠져나와야 합니다.

우리는 현실에 있는 자기를 자의식이 원하는 수준까지 끌어올려야만 발전이라 생각합니다. 그러나 아닙니다. 그렇게 생각하면 자기 자신에 만족할 때까지 너무나 힘들고 어렵습니다. 행복은 현재의 자기 상태를 있는 그대로 받아들이는 데서 시작됩니다. 나는 원래 이 정도 되는 사람이라는 걸 인정하고, 또 긍정하면 되는 거예요.

　넘어지면 넘어지는 것이 나고, 성질내면 성질내는 것이 나입니다. 그런데 나는 쉽게 넘어지거나 성질내는 사람이 아니라고 생각하기 때문에 성질내는 자기를 보는 것이 괴로운 거예요. 내가 생각으로 그려놓은 자아상을 움켜쥐고 고집하니까 현실의 내가 못마땅한 겁니다. 나는 잘났다는 허위의식이 꽉 차 있으니까 현실의 자기가 부끄러운 거예요.

　현실의 나는 좋은 것도 아니고 나쁜 것도 아니에요. 다만 자아상을 현실의 나보다 크게 그려놓으면 내가 부족하게 느껴지고, 좀 작게 그려놓으면 대단하게 느껴지는 것뿐이에요.

　'나는 이런 사람이다.'

　'나는 이런 사람이 돼야 한다.'

　'나는 실수하면 안 된다.'

　'나는 미워하면 안 된다.'

　이런 식의 자기규정은 다 허상입니다. 그래서 내가

그려놓은 자아상이 강하면 현실의 나를 용납하지 못하고 자책하게 됩니다. 머릿속으로 그려놓은 자아상과 현실의 내가 별 차이가 없어야 정신적으로 건강합니다. 이런 사람은 어려운 문제에 부딪쳐도 쉽게 주저앉지 않습니다.

"내가 이 문제에 대해서는 잘 모르는구나. 지금부터 연구해서 극복해야겠다."

이렇게 자기 자신을 인정하고 긍정하면서 자신의 변화를 위해 조금 더 노력하면 됩니다.

그러나 자아상을 너무 높게 설정해놓으면 아무리 노력해도 자기만족이 생기지 않으니까 결국 '나는 능력이 없는 사람이야' 하고 좌절하게 되지요.

결국 우리 인생은 관점을 어떻게 잡느냐에 따라 행복도가 크게 달라집니다. 예를 들어서 내 실제 능력이 100미터를 20초에 달리는데, '내가 100미터를 13초에 달릴 수 있는 사람이다'라고 자기를 과대평가하면 어떻게 될까요? 현실의 나는 13초에 못 달리잖아요. 그런데 아무리 노력해도 13초에 이르지 못하면 '나는 안 돼. 나는 문제야' 하고 자책하게 됩니다.

자신감이 없거나 열등의식을 갖는 것은 과대망상에서 비롯됩니다. 즉 인생이 굉장한 것이라고 여기는 허위의식과 자만심이 자신을 괴롭게 합니다. 존재라는 게 본래 특별한 의미가 없어요. 그런데도 이렇게 묻는 사람들이 있습니다.

"존재의 의미가 없다면 살아가는 이유가 없잖아요?"

"의미가 없다면 세상사는 게 너무 슬프지 않습니까?"

인간을 포함해서 모든 존재는 본래 특별한 의미가 없습니다. 의미는 인간의 의식이 만들어낸 겁니다. 가치가 있다 없다, 선하다 악하다, 잘한다 못한다, 천당이다 지옥이다, 부처다 하늘이다, 하는 것은 다 인간의 의식이 만든 거예요.

마치 누에가 제 입에서 나온 실로 고치를 만들고

그 속에 갇혀 살듯이 인간은 공연히 뭘 만들어놓고 거기에 매달려 살고 있습니다. 예를 들어 숯이나 다이아몬드나 본래 그 값이 정해져 있는 게 아니라 사람이 값을 매긴 겁니다. 만약 사람이 얼어 죽을 것처럼 추울 때는 다이아몬드보다 숯이 낫습니다. 따라서 사람도 다이아몬드처럼 빛나려고만 하면 괴롭지만, 숯처럼 쓸모 있는 사람이 되겠다고 마음을 고쳐먹으면 누구나 보람 있게 살 수 있어요.

이것은 타인에 대한 평가에서도 마찬가지예요. 예를 들어 저에 대해서 잘 모르는 사람이 별 기대 없이 강연장에 왔다가 제 얘기를 듣고는 "오, 괜찮네" 이렇게 말해요. 이건 무슨 의미일까요? 제 능력을 50쯤 생각하고 왔는데, 들어보니 100쯤 되니까 "오, 이 사람 굉장하다" 이렇게 느끼는 겁니다.

반면 누군가에게서 "저 스님 굉장한 사람이다"라는 말을 듣고 150을 기대하고 왔어요. 그런데 막상 강연을 들어보니까 기대에 못 미치잖아요. 그러면 이렇게 말합니다.

"별 얘기 없네. 왜들 난리람."

결국 제 능력은 변함없이 100인데 기대가 낮으면 만족도가 올라가고, 기대가 높으면 만족도가 떨어져요.

'저 사람은 도대체 왜 저러는 거야?'

이렇게 답답한 마음이 드는 것도 상대방이 내가 미리 그려놓은 그림과 맞지 않기 때문이에요. 그러니 내 기준에서 보면 상대방이 부족하고 잘못한 것 같아서 불만스럽지만 사실 그 기준 자체가 허상일 뿐입니다.

'내 배우자는 이런 사람이어야 한다.'

'내 아이는 이래야 한다.'

자기 나름대로 그림을 그려놓고 현실의 배우자와 아이들을 보니까 실망스러운 것이지요. 자기 자신에 대한 지나친 기대를 버려야 하듯이, 다른 사람에 대한 지나친 기대도 버리고 있는 그대로 보고 수용할 수 있어야 합니다.

사실 나도 별거 아니고, 남도 별거 아니에요. 상대방이 내 기준에 맞지 않아서 실망스럽다면 그건 상대방 문제가 아니라 내 문제라고 할 수 있습니다. 내 눈높이 때문이에요.

그러니 이제 그만 허위의식의 감옥에서 벗어나세요. 자꾸 '이래야 된다, 저래야 된다'며 각오하고 다짐할 게 아니라 후회하는 나, 질책하는 나가 사실은 허위의식에서 비롯됨을 알아차리는 게 그 시작입니다.

이때 다만 알아차릴 뿐이지 나를 미워하면 안 됩니다. 나는 잘못을 저지르지 않아야 한다고 정해놓았기 때문에 실수하는 내 모습이 싫고 내 자신이 미워지는 겁니다. 실수하는 상대를 미워하지 않듯이 실수하는 나를 미워하지 마세요.

혹시 걷다 넘어졌다면 툭툭 털고 일어나서 가던 길을 가되, 다음에는 넘어지지 않도록 주의하면 됩니다.

넘어지면 다시 일어나서 조심할 뿐이지 넘어진 나를 문제삼지 마세요. 그리고 오늘부터 '있는 그대로의 나'를 인정하고 받아들이는 연습을 하면 됩니다. 스스로에게 너그러워지는 거예요. 그러다보면 자연스럽게 다른 사람을 바라보는 시선도 따뜻해집니다.

이 세상 모든 존재는 부족한 것도 아니고 넘치는 것도 아니에요. 존재는 다만 존재일 뿐이에요.

자신을 너무 위대하게 생각하니까 자기 자신이 초라하게 보여 위축되는 거예요. 사람이나 동물이나 풀이나 돌멩이나 그냥 한 존재일 뿐입니다. 인간도 산에 사는 다람쥐나 토끼와 별반 다르지 않은 하나의 동물입니다. 동물 중에서 의식 작용이 조금 낫다 하는 정도예요.

산에 사는 다람쥐나 토끼도 괴로워하지 않는데, 사람이 사는 게 힘들다고 괴로워하는 것은 분명 잘못된 겁니다. 사람이 얼마나 속박을 받고 살고 있으면 날아가는 새를 부러워하겠어요.

우리는 모두 풀 같고 개미 같은 존재입니다. 미미하지만 사실은 소중한 존재입니다. 이것을 탁 깨달아버리면 남이 나를 어떻게 보든 신경 안 쓰고 편안히 살 수 있으며, 남의 인생에도 간섭하지 않게 됩니다. 🌱

행복의 비결

하루는 어느 신도가 제게 이렇게 말했어요.

"스님, 제가 지금껏 절에 다니면서 불전함에 돈을 수도 없이 넣어봤지만 아무 효과가 없더라고요. 만약에 만 원을 넣어 백만 원이 돌아온다는 보장만 있으면 얼마든지 넣을 텐데 말이죠."

만 원을 넣고 백만 원 받기를 바란다면 그건 투기심에 지나지 않습니다. 꼭 이런 돈 욕심이 아니어도 우리가 명산대찰을 찾아다니며 기도하는 내용도 이와 비슷해요. 노력은 조금 하고 대가는 크게 돌아오기를 바랍니다. 성적도 부족하고 공부도 열심히 하지 않는 자기 자식을 좋은 대학에 들어가게 해달라고 기도하잖아요.

이런 마음으로 기도를 한다면 복은커녕 오히려 화를 불러오게 됩니다. 노력은 적게 하고 결과는 크게 받으려는 것은 도둑놈 심보인 거죠. 결국 내 대신 누군가를 희생시켜야 한다는 뜻이니까요. 가령 공부 못하는 내 자식이 좋은 대학에 붙으려면 공부 잘하는 누구네 자식 한 명이 떨어져야 하잖습니까.

따라서 이런 기도는 이루어질 리가 없어요. 이뤄지지 않는 것이 마땅한 이치인데도 자기가 헛된 욕심을 부렸다고는 생각하지 않고 부처님을 원망하고 하느님을 탓합니다.

가만 보면 사람들은 자기 힘으로 쉽게 될 것 같지 않은 일들을 바랄 때 기도합니다. 그러다보니 기도가 이루어지지 않을 확률이 높을 수밖에 없지요. 그래서 우리 삶은 즐거움보다 괴로움이 더 많은 거예요.

세상살이가 우리가 원하는 대로 이루어지면 좋겠지만 원하는 대로 다 이루어지지 않는 게 현실입니다. '원하면 다 이루어진다'는 말은 환상이고 욕심일 뿐이에요. 이때 원하는 것에 매달려 울고불고하면서 불행하게 살 것인가, 아니면 그런 가운데서도 행복하게 살 것인가, 이것은 선택의 문제입니다.

원하는 것이 이루어지지 않으면 인생이 괴로운가요? 반드시 그렇지는 않습니다. 다 이루어져야 한다는 생각을 갖고 있기 때문에 이루어지지 않을 때 괴롭지, 이런 생각이 없다면 이루어지면 좋고, 안 이루어져도 그만이에요.

일은 내가 하지만 일이 이루어지는 것은 내가 의도한 대로 모두 되는 게 아니라 주변 상황과도 맞아떨어져야 합니다. 이 이치를 알면 원하는 것이 이루어지지 않더라도 크게 실망하지 않을 수 있습니다.

사람이 때론 실패도 하고 때론 좌절도 해야 굳건한 성장을 합니다. 식물도 계속 웃자라기만 하면 열매도 못 맺고 도중에 꺾이지 않습니까.

어떤 일이 이루어지든 이루어지지 않든 그 과정에서 이미 행복을 경험할 수 있습니다. 그런데 우리는 보통 내가 원하는 대로, 내가 하고 싶은 대로 되는 게 행복이고 자유라고 생각합니다. 하지만 세상 일은 내가 원한다고 다 되는 것은 아닙니다. 객관적인 상황이 그렇게 될 때도 있고 그렇게 되지 않을 때도 있습니다. 따라서 외적인 조건과 상황에 따라 행복하기도 하고 불행하기도 한 행복은 기껏해야 반쪽짜리에 불과합니다. 그런데도 자신이 원하는 대로 이루어지기만을 바라는 마음을 움켜쥐고 있으니까 당연히 불행하다고 느끼는 경우가 생기는 거예요.

어느 마을에 부지런한 농부가 살고 있었습니다. 일찌감치 '내일 윗논에 농약을 쳐야겠다'고 마음먹고 저녁 내내 만반의 준비를 했습니다. 그러나 비가 오는 날에는 농약을 못 치거든요. 그래서 농부는 부처님께 부탁을 좀 해야겠다고 생각하고 잠자기 전에 기도를 드렸어요.

"부처님, 내일 농약 치려고 하니까 비 좀 안 오게 해주세요."

그런데 아침에 일어나니까 비가 부슬부슬 옵니다. 김이 새죠.

"아니, 농약 좀 치겠다는데 날씨가 내내 맑다가 하필이면 오늘 비가 오나? 부처님께 기도해도 소용없네."

이렇게 불평합니다. 결국 농부는 기분이 나빠 술을 마십니다. 한참 뒤에 기분이 좀 풀어져서 마음을 고쳐먹습니다.

"어차피 오는 비를 어떡하겠나. 비도 오니 내일 아침에는 아래 밭에 고추 모종이나 옮겨 심어야겠다."

농부는 잠들기 전에 다시 한번 부처님께 기도를 드립니다.

"부처님, 이왕 오는 비 계속 내리게 해주십시오."

그런데 아침에 일어나보니 날씨가 화창하게 개었어요. 농부는 이제 성질이 팍 납니다.

"도대체 이놈의 날씨가 청개구리인가? 이래라 하면 저러고, 저래라 하면 이러고. 이러면 어떻게 농사를 짓고 살겠나? 정말 농사 못 해먹겠네!"

그러고는 또 술을 마십니다.

농사꾼이 이렇게 생각하면 농사를 망칩니다. 우리가 "자식 때문에 못살겠다" "남편 때문에 못살겠다" "직장 상사 때문에 못살겠다" 하면서 남 탓, 환경 탓 하는 것은 이런 농사꾼과 같아서 자기 인생을 망칩니다.

그렇다면 농부가 농사를 지을 때는 어떤 자세를 가져야 할까요? 밤이 되면 그냥 마음 편히 자는 겁니다. 아무 생각 없이 실컷 자고 일어나서 밖을 내다보니 하늘이 맑다면 "날씨가 좋네. 윗 논에 농약을 쳐야겠다" 하면서 농약 칠 준비를 하고, 가랑비가 보슬보슬 내리면 "오늘 아래 밭에 고추 모종을 내면 딱 맞겠다" 하고 나서면 됩니다. 만약에 비가 장대같이 쏟아지면 "요새 일만 하느라 힘들었는데, 오늘은 막걸리나 한 잔 마시고 쉬어야겠다" 이러면 되는 거예요.

농부가 자기 기대와 고집을 내려놓지 못하면 농사짓는 게 힘든 것처럼 우리 삶도 마찬가지예요. 주변 환경은 늘 변합니다. 그런데 이건 이래야 하고 저건 저래야 한다는 바람과 고집을 내려놓지 못하면, 환경과 조건에 따라 끝없이 흔들리게 되어 괴로움에서 벗어날 수가 없습니다.

행복의 기준을 미리 정해놓고 그 길만 고집한다면 도리어 행복에서 멀어집니다. 반대로 내가 기대한 대로 돼야 한다는 고집을 내려놓고 인연 따라 지혜롭게 대처할 때 행복도 찾아옵니다.

그런데 사람들은 이 움켜쥔 마음은 그대로 두고 자꾸 특별한 행복의 비결을 요구하는데, 왜 그럴까요? 자기가 세워둔 기대는 허물지 않고 자꾸만 그

위에 무엇인가를 더 쌓고 얻으려고 하기 때문입니다. 이것도 해서 얻고 싶고 저것도 해서 얻고 싶고, 이렇게 하면 빨리 얻을 것 같고 저렇게 하면 더 빨리 얻을 것 같기 때문이에요.

어떤 사람이 왼손에 불덩어리를 들고 뜨겁다고 고함을 칩니다. 하도 고함을 치니까 제가 이렇게 말해요.

"뜨거우면 내려놓으세요."

이때 불덩이를 쥔 사람이 되묻습니다.

"어떻게 놓습니까? 방법을 좀 가르쳐주세요."

그런데 이 사람이 정말 방법을 몰라서 못 놓는 걸까요? 말로는 놓고 싶다고 하지만 사실은 놓고 싶지 않은 거예요. 그러면서 자꾸만 내려놓는 방법을 알려달라는 거죠. 이럴 때 제가 해줄 수 있는 답은 하나밖에 없어요.

"그냥 내려놓으세요."

그러면 그 사람이 다시 물어요.

"그냥 어떻게 내려놓아요?"

그러면서 불교는 너무 어렵고 현실성이 없다고 합니다. 놓는 방법은 안 가르쳐주고 그냥 놓으라고만 한다면서요. 자기가 움켜쥐고 있다는 사실은 외면한 채 남이 어떻게 해주기만을 바라니 해결이 안 나는 거예요. 그래서 제가 할 수 없이 말하죠.

"그러면 오른손으로 옮겨보세요."

그제야 불덩이를 들고 있던 사람의 얼굴이 환해지면서 "왜 이런 좋은 방법을 이제야 알려주느냐"라고 합니다.

그런데 이 방법이 오래갈까요? 아니에요. 금세 또 오른손이 뜨거워서 못살겠다고 아우성칩니다. 방법을 몰라서 못 놓는 것이 아니라 놓기 싫어서, 갖고 싶어서 안 놓고 있는 것뿐이에요. 손이 타들어가는데도 집착을 못 버리고 아우성을 치면서 그것을 움켜쥐려고 하는 거예요.

왼손에서 오른손으로, 오른손에서 왼손으로 옮기

는 것은 우선은 두 가지를 다 만족시킵니다. 즉 당면한 뜨거움도 피하고, 물건도 아직은 내 손에 움켜쥐고 있기 때문에 좋은 방법이라고 생각하지요. 하지만 이것은 괴로움에서 벗어나는 근본적인 방법이 아니에요.

대부분의 사람들은 놓기 싫은 마음에 그냥 움켜쥔 채 당장의 뜨거움만 피하려고 합니다. 그래서 "놓아라"라고 말하면 "현실성이 없다" 하고, "왼손으로 옮겨 쥐어라"라고 가르쳐주면 "참 좋은 방법이다"라고 말하지만, 결국 다시 뜨거워집니다.

오른손에서 왼손으로 옮기는 것은 그저 하나의 임시처방일 뿐입니다. 행복해지기 위해서는 뜨거운 줄 알면 그냥 놓아버려야 합니다. 물론 이런 이치를 깨달았다 하더라도 그동안 살아온 습관이 남아 있기 때문에 순간순간 움켜쥐고 괴로워할 수는 있어요. 그러나 내려놓으면 된다는 것을 아는 사람의 괴로움은 오래가지 않습니다. 집착할 때만 잠시 괴로울 뿐 그 괴로움이 지속되지 않아요. 그는 이미 이전과는 다른 지혜로운 사람입니다. ❦

욕심은
내려놓고
원은 세운다

ㅣ ㅤ ㅣ

   어느 날 의사 한 분이 힘들고 고단한 병원 일을 접고 멀리 떠나고 싶다며 이렇게 물었어요.

   "처음엔 아픈 사람을 고쳐주니 보람도 있고, 많은 사람들이 인정하는 괜찮은 직업이고, 또 많은 보수를 받을 수 있으니 천직이라 생각하고 의료활동을 시작했는데, 지금은 어쩔 수 없이 하루하루 버티고 있습니다. 때때로 의료사고도 겁이 나고, 일하는 것도 재미가 없어서 다 내려놓고 제3국으로 훌훌 떠나고 싶습니다. 그렇지만 이제 네 살밖에 되지 않은 어린 딸을 생각하니 고민이 됩니다."

불교에서는 보통 '욕심을 내려놓아라'고 합니다. 그런데 이 말을 잘못 이해해서 현실의 괴로움을 회피하는 것을 내려놓는 것으로 착각하는 사람들이 있습니다.

그렇다면 내려놓는 것과 현실회피는 어떻게 다를까요? 가장 큰 차이점은 결과가 다르다는 겁니다. 내려놓으면 같은 문제가 재발하지 않지만, 현실회피는 재발합니다. 예를 들어 애인과 헤어져서 속상한 사람이 현실의 괴로움을 잊으려고 저녁마다 술을 마시면 문제가 해결되나요? 아니에요. 아침에 술 깨면 다시 괴롭습니다. 그러나 "아이고, 그동안 저와 함께 있어주셔서 감사합니다. 안녕히 가십시오" 하고 집착을 내려놓을 수 있다면 더는 괴롭지 않습니다. 즉 놓아버리면 문제가 해결되고, 회피하면 같은 문제가 계속 되풀이됩니다.

또 부모님과 관계가 좋지 않아서 부모님의 전화를

받지 않고 피하기만 한다면 그 갈등과 괴로움은 계속 이어집니다. 그런데 일단 부모님의 전화를 받기 싫다는 거부감을 내려놓으면 괴로움이 사라집니다. 전화가 와도 기꺼이 받는다면 전화가 더이상 부담이 되지 않습니다.

그러나 이렇게 내려놓아서 문제가 해결된 것 같다가도 이따금 다시 문제가 생기기도 합니다. 그것은 마음이 다시 그 문제를 붙잡기 때문이지요. 하지만 이미 내려놓았기 때문에 문제가 일어나더라도 전보다 다소 약하게 나타나서 능히 어려움을 이겨낼 수 있습니다.

반대로 회피하는 것은 단지 참는 것이기 때문에 갈수록 더 강도가 세게 나타납니다. 한 번 참고, 두 번 참고, 세 번 참다가 나중에는 결국 터지게 되지요. 그렇기 때문에 어떠한 문제에 직면하게 되면 단순히 회피하기보다는 정면으로 맞닥뜨려서 해결하는 것이 좋습니다.

이분도 만약 지금 병원을 그만두고 제3국으로 간다면 처음에는 홀가분하고 마음이 편할 수도 있겠지만 해결되지 않은 문제는 언제, 어느 때, 어떤 모양으로 다시 나타날지 모릅니다.

우리가 세상을 살아가는 데는 일반적으로 네 가지 경우의 수가 있어요. 첫째, 하고 싶은데 해도 되는 상황, 둘째, 하고 싶은데 못하는 상황, 셋째, 하기 싫은데 안 해도 되는 상황, 넷째, 하기 싫은데 해야 하는 상황입니다.

하고 싶은데 해도 되는 상황이면 하면 됩니다. 하기 싫은데 안 해도 되는 상황이면 안 하면 그만이에요. 다시 말하면 우리 인생의 절반 정도는 자기 좋을 대로 하고 살 수 있어요. 문제는 하고 싶은데 하면 안 되고, 하기 싫은데 해야 하는 상황이 벌어진다는 거죠. 이럴 때도 자기 하고 싶은 대로 하면 불행을 자초하게 됩니다. 따라서 아무리 하고 싶어도 해서는 안 되는 일은 하고 싶은 마음을 내려놓아야 합니다. 또 아무리 하기 싫어도 해야만 하는 상황이면 하기 싫은 마음을 내려놓고 해야 합니다. 이럴 때 하고 싶은 마음(갈애), 하기 싫은 마음(혐오)을 내려놓는 것을 '욕심을 버린다' '마음을 비운다'고 합니다.

"치열한 경쟁시대에 욕심을 버리고 어떻게 이 세상을 사나요?"라고 되묻거나 "욕심을 내려놓았더니 마음은 편안해졌는데, 의욕을 잃고 멍청해지는 것 같아 고민이에요"라는 사람도 있습니다.

배고플 때 밥 먹는 걸 욕심이라고 하지 않습니다. 피곤할 때 잠자는 걸 욕심이라고 하지 않지요. 추울 때 옷 입고 따뜻한 곳을 찾는 것을 욕심이라고 하지 않아요. 배가 부른데도 식탐 때문에 꾸역꾸역 먹는 것, 다른 사람이 굶어 죽는데도 나누어 먹지 않는 것, 이런 것을 욕심이라 합니다.

'대통령이 되겠다' '부자가 되겠다' 하는 마음 자체가 욕심은 아닙니다. 욕심이라는 것은 원하는 것이

크냐 작냐의 문제가 아니에요. 하나의 사실을 두고 모순된 태도를 보일 때 그걸 욕심이라고 합니다. 예를 들어 돈은 빌려놓고 갚기는 싫고, 저축은 안 해놓고 목돈은 찾고 싶고, 공부는 안 하고 좋은 대학에 가고 싶은 게 바로 욕심입니다. 이치로는 맞지 않는데 내가 바라면 바라는 대로 이루고 싶은 헛된 생각을 욕심이라고 합니다.

우리는 자기가 바라는 것이 이루어지지 않을 때 괴로워합니다. 그 괴로움의 밑바닥에는 욕심이 자리하고 있습니다. 그래서 불교에서는 욕심을 내려놓고 대신에 원願을 세우라고 합니다.

이때 욕심과 원의 차이는 무엇일까요? 바라는 바가 이루어지지 않을 때 괴로운 마음에 시달린다면 그것은 욕심이에요. 노력을 3만큼 해놓고 10을 얻으려고 하면 그것은 이루어질 수가 없지요. 이렇게 노력은 조금 하고 결과는 많이 얻으려고 욕심을 부리다가 이루어지지 않으면 채워지지 않은 마음 때문에 괴로운 거예요. 그러니 욕심은 목표를 달성하는데 도움이 되기는커녕 오히려 장애가 됩니다.

반면 원을 세운 사람은 바라는 바를 이루려고 노력은 하되 실패해도 낙담하거나 괴로워하지 않아요. 안 되면 다른 방법을 찾아 다시 도전하면 되기 때문입니다.

가령 어린아이가 자전거를 타려고 할 때, 처음부터 바로 탈 수 있나요? 연습을 해야 하잖아요. 그런데 한 번 넘어지고 두 번 넘어졌다고 신경질을 내면서 "자전거에 문제 있다"고 불평을 하거나 "나는 해도 안 돼" 하고 자책을 한다면 이건 욕심이에요. 자전거 타는 법을 배우려면 열 번, 스무 번 넘어지는 과정을 거쳐야 하는데, 한두 번 해보고 안 된다고 낙담하는 건 공짜로 먹겠다는 심보지요.

그런데 어린아이가 자전거 타는 법을 배우겠다고 나서서는 넘어져도 포기하지 않고, 다치면 약 바르고 나와서 또 타보려고 도전한다면 그건 자전거를 타겠다는 원을 세운 거라고 볼 수 있습니다. 자전거를 꼭 타고 싶은 마음에 탈 수 있을 때까지 노력하는 건 욕심이 아니에요.

크든 작든 원을 세우고 연구하고 노력하면 실력이 붙게 마련입니다. 그러면 당장은 실패할지 몰라도 결국 성공할 수 있는 힘이 생기고 실력도 쌓이게 됩니다.

이렇게 문제가 생기면 생길수록 더 잘 해결해보려고 연구하고 노력한다면 그건 원입니다.

"아, 이런 문제가 있네. 그러니 이번에는 이렇게 한번 해보자."

이렇듯 원을 세운 사람은 연구하고 다시 연습합니다. 그러다 이건 노력해도 안 되는 일이라고 판단이 들면 아무리 오랫동안 해온 일이라도 툭툭 털어버리고 다른 일을 합니다. 실망하거나 후회하거나 좌절하지 않아요.

결국 욕심을 버리라는 뜻은 무조건 부자가 되지 말라, 출세하지 말라는 게 아니에요. 만약 정말로 원하는 것이 있다면 욕심으로 하지 말고 원을 세워 성취해보라는 것입니다. 원을 세우고 그 원을 성취하기 위해 노력할 때 삶에 재미가 붙고 활력이 생깁니다. 그러면 바라는 게 이루어질 가능성도 높아집니다. ❧

인연과보에도
시 차 가
있 다

어느 날 한 제자가 부처님께 물었습니다.

"부처님, 브라만들이 말하길 '나쁜 짓을 많이 했어
도 브라만들이 제사를 지내고 복을 빌어주면 죄가
없어져 하늘나라에 태어난다'고 합니다. 그게 사실입
니까?"

그러자 부처님께서 돌을 집어 연못에 던지시며 제
자에게 되물었어요.

"만약에 브라만들이 '돌아, 물 위로 떠라' 하고 빌
어준다면 저 돌이 물 위로 뜨겠느냐?"

부처님의 물음에 제자는 자기가 얼마나 어리석었
는지 깨닫습니다.

무거운 돌이 물에 가라앉고 가벼운 기름이 물 위
에 뜨듯이, 나쁜 인연을 지으면 나쁜 과보가 일어나
고, 좋은 인연을 지으면 좋은 과보를 받게 되는 것은
자연의 원리이고 이치이지요. 불교에서는 이것을 인
과법이라고 합니다.

그런데 우리가 살다보면 인과법이 제대로 적용되
는 건지 의심스러울 때가 있어요. 하늘을 우러러 한
점 부끄러움 없이 산 것 같은데 내게는 안 좋은 일이
많이 일어나고, 진짜 나쁜 짓을 많이 한 것 같은 사
람은 잘사는 것 같잖아요.

그래서 '좋은 일을 하면 복을 받고 나쁜 일을 하면
벌을 받는다'는 말이 도무지 맞지가 않다는 생각이
들 때가 있어요.

부처님께서는 "지은 인연의 과보는 피할 수가 없다. 깊은 산속, 깊은 바닷속에 숨는다 하더라도"라고 말씀하셨는데, 우리가 피부로 느끼기엔 그런 것 같지가 않다는 것이지요. 하지만 자세히 살펴보면 인과법의 이치가 맞다는 것을 알 수 있습니다.

예를 들어 부모가 애를 키울 때 자기가 힘들다는 생각에 빠지면 아이에게 짜증내고 성질을 부리지요. 그때는 자기 행동이 아이의 심리에 어떤 영향을 미치는지 생각하지 못해요.

더구나 그 과보가 곧바로 나타나지 않기 때문에 더 알기가 어려워요. 당장 나타나지 않을 뿐이지 과보가 없는 건 아니에요. 보통 아이 문제는 잠복했다가 15년쯤 후에 나타납니다. 그러면 부모 입장에서는 이게 청천벽력 같지요.

인연과보는 즉시 나타나는 것도 있고, 열흘 후에 나타나는 것도 있고, 10년 후에 나타나는 것도 있습니다. 어떤 것은 내 대에 안 나타나고 내 후손 대에 나타나기도 합니다. 그래서 부모나 더 윗대 조상들이 지은 과보를 받는 경우도 있어요.

이와 같이 인연과보는 시차를 두고 일어납니다. 이것은 자연의 이치를 보아도 알 수 있습니다. 1년 중에 해가 가장 짧은 때가 동지인 12월 22일이죠. 그러면 동짓날이 가장 추워야 하잖아요. 그런데 가장 추운 날은 오히려 동지로부터 한 달쯤 지나서 1월 말, 2월 초예요. 또 해가 가장 긴 하지는 6월 22일인데, 실제로 가장 더운 날은 7월 말, 8월 초예요.

우리가 "해가 가장 긴 날이 하지인데 왜 가장 안 덥냐?" "해가 가장 짧은 날은 동지인데 왜 가장 안 춥지?" 하고 의구심을 갖는데, 그것은 지구가 더워지거나 식는 데 시간이 걸리기 때문입니다.

이처럼 인연이 지어지고 과보를 받기까지 시차가 있습니다. 그래서 지금 좋은 일을 했는데도 나쁜 과보가 온다면 그것은 전에 나쁜 짓을 한 과보가 지금 오는 것이고, 지금 좋은 일을 한 인연의 과보는 아직 올 때가 멀었다고 할 수 있습니다.

예를 들어 오늘부터 부지런히 기도를 시작한다고 하면 오늘부터 좋은 일이 생기느냐? 그렇지가 않습니다. 오히려 더 나빠지기도 해요. 이것은 기도를 시작했기 때문이 아니라, 그전에 지은 인연의 과보가 지금 나타나기 때문입니다.

이런 이치를 모르니까 기도를 하는데도 좋은 일은 커녕 더 나쁜 일이 생긴다면서 "에잇, 기도해봐야 소용없네" 하고 그만둬버리게 돼요. 이것은 마치 동짓날 이후에는 해가 길어진다고 해서 "이제 추위가 끝났네" 하고 있는데 더 추워지니까 "봄은 없구나" 하고 절망에 빠지는 것과 같습니다.

기도를 시작하자마자 바로 좋아지기를 바라는 것은 욕심이에요. 모든 기대를 내려놓고 100일을 계속 수행 정진한다면 자기에 대해서 조금 알게 됩니다.

'내가 고집이 조금 있는 사람이구나!'

'내가 짜증이 꽤 많은 사람이구나!'

'내가 끈기가 참 없는 사람이구나!'

'내가 잔소리가 심한 사람이구나!'

'내가 분별심이 아주 많은 사람이구나!'

이렇게 자신에 대해 조금 알게 되면 그다음부터는 하지 말라고 해도 스스로 기도를 하게 돼요. 한 1,000일쯤 기도를 하면 다른 사람들도 그 변화를 알아보고 "요즘 너 좀 변했다" 하고 말합니다.

그래서 마음속에 원을 세운 날은 '동지'와 같고, 100일쯤 지나서 내 카르마를 아는 때는 '입춘'과 같고, 3년 정도 1,000일 기도를 하고 나면 꽃피고 움트는 '춘삼월'과 같아 주위에서 "변한 것 같다"고 얘기하기 시작해요.

꽃 피는 춘삼월이 오기 전까지는 봄은 이미 왔으나 사람들이 봄이 왔다고 느끼지 못하듯이 아무리 수행해도 3년이 되기 전까지는 자기 생각에는 변한 것 같은데 주위에서는 인정을 잘 안 해줍니다.

만약 우리가 잘못했을 때 그 자리에서 바로 손해가 나타난다면 누구도 잘못을 저지르지 않겠지요. 그런데 잘못을 해도 그 과보가 금방 안 드러나면 잘못을 저질러도 괜찮을 것 같은 유혹을 느끼게 됩니다.

반면 좋은 일은 해도 금방 안 드러나니까 계속하기가 싫은 겁니다. 그래서 사람이 잘못된 행동은 하기가 쉽고, 좋은 행동은 하기가 어려운 것이지요.

그런데 조금만 길게 보면 잘못한 과보는 피할 수 없고, 좋은 일을 하면 그 공덕이 반드시 드러나게 마련입니다.

좋은 일을 하면 좋은 결과가 나오는데, 그게 내가 원할 때 원하는 모습으로 안 나타날 뿐입니다. 모두 저축되어 있어요.

내가 나쁜 인연을 지었을 때, 나쁜 과보가 금방 안 나타난다고 좋아하지 마세요. 그게 다 빚으로 남아 있다가 결국은 돌아오게 됩니다.

따라서 인연을 짓고 과보가 일어나는데 시차가 있다는 것을 알아서 좋은 일을 한다고 '금방 좋은 일이 일어날 것이다'고 기대하지 말고, 어려움이 닥쳐도 '내가 과거에 알게 모르게 지은 인연의 과보를 다 받아내야 되겠다'고 다짐해야 합니다.

이처럼 어떤 일을 시작할 때는 '공덕을 쌓겠다'고 생각하기보다 '빚을 갚는다'는 마음으로 시작하는 게 좋습니다. 그러면 살다가 온갖 어려움이 닥쳐도 '내가 빚을 많이 졌구나' '내가 지금 빚을 열심히 갚고 있구나'라는 생각에 어려움을 쉽게 넘어갈 수 있어요.

이런 마음으로 좋은 일을 열심히 하되 결과에 연연하지 않아야 합니다. 그러면 나중에는 조금만 노력해도 결과가 바로 나와요. 그게 전부 공짜로 생긴 게 아니고, 그동안 쌓아온 노력의 결과물로 나타나는 겁니다. ⚘

2

감 정 은
만 들 어 진
습 관

느낌은 언제, 어떻게 일어날까요?
보고, 듣고, 냄새 맡고, 맛보고, 만지고,
각하는 대상을 만났을 때 부싯돌이 부딪쳐
불꽃이 피어나듯 순간적으로 일어납니다.
이때 일어나는 느낌은 크게 유쾌한 느낌, 불쾌한 느낌,
유쾌하지도 불쾌하지도 않은 느낌 세 가지예요.
이 느낌에 따라서 뭔가 하고 싶은 갈애와
하기 싫은 혐오가 생겨납니다.

그런데 왜 똑같은 상황에 처하더라도
사람에 따라 느끼는 감정이 다를까요?
예를 들어 된장찌개 냄새가 나면
어떤 사람은 군침을 흘리는 반면에,
어떤 사람은 불쾌한 반응을 일으키기도 합니다.
또 어릴 때부터 교회를 다닌 사람들은 보통
법당에 처음 들어가면 거부감을 느낍니다.
업식, 즉 카르마가 낯선 환경에
불쾌한 반응을 일으키는 거지요.

반대로 어릴 때부터 절에 다닌 사람이
교회에서 통성기도하는 광경을 보면
이상하다고 느낄 거예요.
그렇다고 교회나 절에 문제가 있는 것은 아니에요.
그건 각자의 업식이 다르기 때문입니다.

가을걷이를 마친 황량한 겨울 들판에는
아무것도 없는 것 같지만
다시 봄이 오고 날씨가 따뜻해지면 파릇파릇 싹이 터요.
싹이 텄다는 건 아무것도 없을 것 같았던 밭에 사실은
씨앗이 있었다는 얘기잖아요.

사람의 마음도 마찬가지예요.
겉으로 보이지는 않지만
저마다 나름의 업식을 가지고 있다가
어떤 자극이 오면 반응을 합니다.
내 몸과 마음에 배어 있던 업식이 색깔, 냄새, 소리 등의
외부 자극을 받으면서
느낌이라는 반응을 일으키는 거예요.

좋고 싫음의
감정에서
자유롭기

우리는 여섯 가지 감각기관(불교에서 말하는 육근六
根으로 눈, 귀, 코, 혀, 몸, 뜻을 가리킴)으로 사물을 접
하면서 순간순간 기쁘다, 슬프다, 두렵다, 외롭다 하
는 갖가지 감정을 경험합니다. 좋아하고 사랑할 때는
너무 기뻐서 천국을 경험하고, 미워하고 원망할 때는
너무 괴로워 지옥 속에서 허우적대지요.

그렇다면 우리를 기쁘게도 하고 괴롭게도 하는 감
정은 어떻게 일어나는 걸까요?

감정은 부싯돌이 부딪치면 불꽃이 피어나듯 순간

적으로 일어납니다. 예를 들어 길을 가다가 사람이 죽어가는 모습을 보면 아무리 낯선 사람이라도 순간 마음이 동요합니다. 그리고 이내 슬퍼집니다. 그게 만약 불의不義의 결과라면 분노를 느끼겠지요.

이렇듯 감정은 외부 자극에 즉각적인 반응을 보이기 때문에 본래 타고난 것이고, 고유의 실체가 있어 바꿀 수 없는 것이라고 생각합니다. 그래서 거기에 사로잡혀 자기감정을 절대화하지요. 과연 좋고 싫음은 객관적 실체가 있을까요?

꽃을 보고 기분이 좋아지는 때를 생각해봅시다. 지금 내가 장미 한 송이를 보며 '참 예쁘다'는 생각이 들면 이내 기분이 좋아집니다. 그리고 그 좋은 마음에는 아무런 부작용이 없습니다. 그것은 꽃이 나를 좋아해주기를 바라지 않기 때문입니다. 다만 '꽃이 참 예쁘구나!' 하는 마음이 전부입니다.

그런데 사람을 좋아할 때 마음이 두근거리는 것은

상대가 나를 좋아할까 아닐까를 분별하기 때문입니다.

'내가 좋아하듯이 저 사람도 날 좋아할까?'

'어떻게 하면 저 사람도 나를 좋아하게 만들까?'

이렇게 생각하고 요구하기 때문에 머릿속이 혼란스럽고 심장이 뛰는 겁니다. 즉 내가 누군가를 좋아하면서 마음이 두근거리는 것은 저 사람이 나를 좋아하지 않으면 어쩌나 하는 두려움 때문이지요.

그런데 그런 생각에 아무리 몰두해도 상대가 나를 좋아하게 되는 것은 아니에요. 내가 좋아하면 상대도 나를 좋아하리라 생각하는 것은 착각입니다. 내가 그를 좋아하는 것과 그가 나를 좋아하는 것은 별개의 문제예요. 그러니 앞으로 좋아하는 사람 앞에서 가슴이 뛸 때는 '내가 지금 이 사람을 좋아하고 있구나'라고 생각하기보다 '지금 저 사람이 나를 좋아하길 바라고 있구나'라고 자신의 감정을 바로 봐야 합니다.

직장에 싫어하는 사람이 있는데 싫은 표정이 얼굴에 다 드러나서 고민이란 분이 이렇게 물었습니다.

"저는 좋아하고 싫어하는 것이 분명한 편이고 그것을 개성이라고 생각하고 지금까지 살았습니다. 그런데 직장생활을 하다보니 감정표현에 너무 솔직하니까 자꾸 손해보는 일이 생기더라고요. 이제라도 이런 저를 고쳐야 할까요?"

이 세상 사람들은 누구나 다 좋아하고 싫어하는 감정이 있습니다. 좋아하고 싫어하는 감정을 바깥으로 드러내지 않아야 훌륭한 사람이 되는 것은 아니에요. 지금처럼 좋아하고 싫은 감정을 표현하고 살아도 아무 문제 없습니다. 다만 한 가지 알아야 할 것은 좋고 싫은 감정에 너무 끌려다니면 내가 거기에 속박당하게 되고, 그러면 나에게 손해라는 사실입니다.

그런데 좋아하고 싫어하는 감정은 어디서 비롯되는 걸까요? 바로 나의 카르마, 즉 나의 업식으로부터 일어납니다. 예를 들어 된장찌개 냄새를 맡으면 군침이 돌고, 카레 냄새를 맡으면 구역질이 나는 사람이 있다고 합시다. 그런 반응이 나오는 것은 어릴 때부터 길들여져 익숙하거나 아예 경험해보지 않은 탓에 낯선 것에 대한 거부감을 보이는 거예요. 그 맛, 그 냄새가 누구에게나 좋은 느낌 또는 나쁜 느낌을 주는 것은 아닙니다.

된장찌개는 구수하고, 카레 냄새는 역겹다는 느낌은 나의 업식의 반응일 뿐이에요. 그런데 우리는 이러한 사실을 뒤집어서 바깥에 있는 대상에 좋고 나쁨이 있다고 생각합니다. 즉 된장찌개 냄새는 좋고, 카레 냄새는 싫다고 규정하는 것이지요.

결국 똑같은 빛깔인데 내가 어떤 색안경을 끼고 보느냐에 따라서 내 눈에 다른 색깔로 보이는 것뿐이에요. 그래서 좋고 싫음이 나로부터 비롯된다고 말하는 겁니다. 그 느낌이 나로부터 온 것임을 정확히 안다면 좋다 싫다 시비할 게 없음을 깨닫게 됩니다.

따라서 감정이 일어나는 것은 어쩔 수 없다 하더라
도 그 감정에 빠지지는 않게 됩니다.

　나와 사고방식과 관점이 다른 사람이 있을 때 굳
이 그 사람에게 다가가서 사귀려고 할 필요도 없고
그 사람을 회피하려고 할 필요도 없습니다. 또 상대
방을 내 마음에 맞게 고치려고도 하지 말고 있는 그
대로 인정하면 됩니다.
　사람들은 각자 자신의 카르마에 따라 살아가고 있
습니다. 그런 까닭에 나의 관점에서 보면 도저히 이
해가 안 되는 일들이 그 사람 편에서 보면 충분히 이
해할 수 있는 일이 됩니다. 따라서 어차피 만날 수
밖에 없는 인연이라면 상대를 그대로 인정하는 것이
나를 편안하게 하는 길입니다.
　'내 성격도 못 고치는데 내가 어떻게 남의 성격을
고치겠나!'
　이렇게 생각할 수 있으면 상대를 인정하고 이해할

수 있게 됩니다. 그러면 나와 맞지 않는 사람과도 같이 일할 수 있고 같이 살 수도 있습니다.

지금까지는 좋아하면 같이 살아야 한다고 집착하고, 싫어하면 무조건 헤어지는 길밖에 없는 줄 아니까 늘 괴롭고 불평불만이 많을 수밖에 없었습니다. 그런데 좋고 싫음의 감정에 구애받지 않을 수 있다면 우리 인생이 얼마나 자유롭겠습니까.

예를 들어 내가 김치를 좋아하고 밥을 좋아한다면 좋아하는 것을 먹으면 됩니다. 좋아하는 거 안 먹고 꾹 참는 게 수행이 아니에요. 또 싫어하면 안 먹으면 됩니다. 하지만 외국에서 오랫동안 생활해야 하는데 밥도 없고 김치도 없다고 가정해보세요. 내가 좋아하는 음식이 없다고 안 먹는다면 건강을 해치게 됩니다. 또 좋아한다고 뭐든 많이 먹어서 위장이 늘어나거나 배탈이 난다면 나만 손해잖아요. 좋아하지 않지만 먹어야 할 때도 있고, 좋아하지만 먹지 말아야 할 때도 있습니다.

우리는 좋아하면 반드시 가져야 되고 싫어하면 반드시 버려야 한다고 생각해요. 그런데 주어진 객관적 상황은 좋아하는데 가질 수 없고 싫어하는데 버릴 수 없기 때문에 괴로움이 생기는 겁니다. 그럴 때 하루하루가 지옥처럼 느껴집니다.

따라서 상대가 좋지만 헤어질 수밖에 없고 싫지만 함께 있을 수밖에 없을 때는 그 좋아하고 싫어함에 내가 속박당하지 않아야 합니다. 그래야 내가 조금 더 자유로울 수 있습니다. 🌷

화, 상대와는
무관한 내 안의
도　화　선

감정 가운데서도 화는 스트레스와 후회라는 후유증을 남깁니다. 화를 내고나면 자신의 감정을 조절하지 못했다는 자괴감에 빠지기도 하고, 상대방에 상처를 주었다는 자책감에 후회하기도 합니다. 이렇게 안 좋은 결과를 가져오는 것을 알면서도 우리는 왜 화를 참지 못할까요?

먼저 화가 나는 이유를 살펴보면 내 마음속에 '내가 옳다'는 생각이 있기 때문입니다. 잘난 내가 보기에 다른 사람이 마음에 안 들어서 화가 나는 것이지요. 이런 감정은 내면에 깊이 깔려 있어 쉽게 드러나지 않지만 가족처럼 가까운 사이에서는 무의식 속에 잠재되어 있다가 부지불식간에 튀어나옵니다. 우리가 화를 벌컥 내고 난 다음에 흔히 하는 말이 있지요.

"나도 모르게 그랬다."

"습관적으로 그랬다."

"무의식적으로 그랬다."

이게 무슨 의미일까요? 실제로 감정이란 무의식에서 나오는 습관화된 반응일 뿐이라는 뜻입니다.

그러나 이 말을 선뜻 수긍하지 못하는 사람들은 이렇게 반문하기도 합니다.

"화를 낼 만한 상황이었으니까 그렇죠."

그런데 잘 살펴보면 '화를 낼 만한 상황'이라는 기준 자체가 지극히 자기중심적입니다. 각자 살아온 환경과 그 안에서 축적된 경험 그리고 그 과정에서 형성된 가치관이나 관념에 따른 것이니까요. 말로는 객관적이고 공정하다고 하지만 실제로는 내 생각이고, 내 취향이고, 내 기준에 불과합니다.

따라서 화가 난다는 건 누구의 잘못이 아니라, 내가 옳고 네가 틀렸다는 내 분별심 때문이라고 할 수 있습니다. 사사건건 옳고 그름을 가르려는 습관이 내 안의 도화선에 자꾸만 불을 댕기는 겁니다. 화낼 일이 아닌데 내 기준에 맞지 않으니까 화가 나는 것뿐이에요. 나를 세상의 중심에 놓고 그 주변 상황과 사람들을 판단하니까 내 기준에 맞지 않을 때 화가 올라오는 겁니다.

사실 잘잘못을 따질 수 있는 절대적인 잣대 같은 건 존재하지 않습니다. 옳고 그름은 본래 없습니다. 나를 기준으로 삼으니 상대가 잘못한 게 되는 것입니다. 그래놓고 객관적이라고 주장해버리면 자기를 절대화하는 겁니다. 이렇게 되면 '고집이 세다' '독불장군이다' '꽉 막혔다'는 소리를 들을 수 있어요.

옳고 그름에 대한 생각이 분명한 사람일수록 화를 잘 냅니다. 분별심이 강할수록 성질이 많이 올라오지요. 이래도 좋고 저래도 좋은 사람은 상대적으로 화가 적은 편이에요. 주관적인 잣대를 내려놓으면 내가 옳다고 고집할 근거도 없고, 네가 그르다고 비난할 이유도 없지요. 그런 마음상태에서는 화가 일어날 여지가 없습니다.

그렇다고 상대가 다 옳다, 다 잘했다고 생각하라는 뜻이 아니에요. 아이가 게임에 중독되고, 남편이 술독에 빠져 사는데 무조건 잘했다고 볼 수는 없습니다. 다만 그 사람이 그렇게 되기까지는 나름의 원인이 있고, 그 원인 뒤에는 그 이전부터 이어져온 습관이 있다는 걸 이해하라는 거예요. 자기 생각과 자기 기준에 맞춰 옳고 그름을 판단하고 감정을 드러내기에 앞서, 상대를 있는 그대로 인정하는 것이 중요합니다.

가령 외출했다가 집에 돌아와 보니 아이가 공부는

뒷전이고 게임을 하느라 누가 들어오는지 나가는지도 몰라요. 순간 화가 치밀어올라 버럭 소리를 지릅니다. 화를 내고 나니까 괜히 미안하고 아이가 안쓰럽게 느껴져요.

그런데 다음날 퇴근하고 돌아와 보니 아이가 또 게임을 하고 있어요. 이번엔 어떨까요? 전날에 느낀 바가 있으니 가능하면 화를 꾹 참고 잘 타일러보려고 애쓰겠지요.

이때 잔소리를 할까 말까 갈등하는 것은 아이를 위해서가 아니에요. 사실은 안 하려니 답답하고, 하려니 아이와 갈등을 일으킬 것 같아 어떻게 하는 게 나한테 더 좋을까 고민하는 것에 불과합니다.

아이는 다만 컴퓨터게임을 할 뿐이고, 노는 것일 뿐인데 그것을 보는 내 생각, 내 기준 때문에 분별이 일어나고 화가 일어나는 거예요.

우리는 보통 화를 참으면 좋은 것이라고 생각합니다. 하지만 화를 내는 것이나 참는 것이나 오십보백

보예요. 둘 다 자기 기준을 내세우는 건 똑같고 단지 감정을 드러내느냐 숨기느냐의 차이가 있을 뿐이지요.

내가 세워둔 기준에 맞지 않으니까 화가 나는데, 화가 난다고 아이를 야단치면 아이에게 화풀이하는 것에 불과합니다. 아이에게는 듣기 싫은 잔소리가 되는 거고요.

"한마디 하고 싶지만 이번엔 그냥 넘어간다."

만약 이렇게 애써 화를 삭인다면 내가 스트레스를 받기 때문에 그 또한 좋은 방법이 아니에요. 참는다고 문제가 해결되지 않을 뿐만 아니라, 참는 데는 한계가 있기 때문에 언젠가는 터지게 됩니다.

어떤 분이 개인적인 감정의 차원이 아니라 사회적인 약속을 지키지 않을 때 화가 나는 것은 정당한 것 아니냐며 이렇게 물었습니다.

"차를 타고 가다가 신호등을 안 지키는 모습을 볼

때 화가 나고, 깜박이도 켜지 않은 채 갑자기 끼어드는 차를 보면 끝까지 쫓아가서 보복하고 싶은 마음입니다. 잘못한 것은 응징해야 세상이 올바르게 돌아가지 않겠습니까?"

흔히 이런 화는 개인적인 차원보다 더 정당한 것처럼 이야기하기도 합니다.

그런데 먼저 생각할 것이 있습니다. 이 상황에서 끼어들기를 한 상대가 내게 화를 준 걸까요, 아니면 내 안에서 화가 일어난 걸까요? 좀 어려운가요? 그렇다면 좀더 쉬운 예를 들어봅시다. 만약 동산에 떠오르는 달을 보고 내가 슬퍼했다면 달이 나한테 슬픔을 준 걸까요, 아니면 내가 달을 보고 슬퍼한 걸까요?

내가 달을 보고 슬퍼한 겁니다. 반대로 어떤 사람은 달을 보고 기뻐하기도 합니다. 이것은 달이 누군가에게 슬픔과 기쁨을 준 것이 아니라, 보는 사람의 마음에서 감정이 일어난 겁니다.

이런 이치를 이 문제에 적용해봅시다. 운전을 하고 있는데 갑자기 다른 차가 끼어들었다면 내가 화를 낸 걸까요, 아니면 그 사람이 나한테 화를 내게 한 걸까요? 달에서 사람으로 질문이 바뀌었을 뿐인데 우리는 벌써 헷갈리기 시작합니다.

그러나 끼어들기 상황에서 모든 사람이 다 똑같이 화를 내는지, 아닌지 살펴보면 대답은 분명해집니다. 똑같은 상황에서 화를 내는 사람도 있고, 그렇지 않는 사람도 있어요. 또 혼잣말로 화를 내다 마는 사람도 있고, 욱 하는 마음에 보복운전을 하거나 심한 경우에는 폭력과 같은 극단적인 행동으로 화를 표출하는 사람도 있습니다.

결국 화가 날 만한 절대적인 상황이 있는 것이 아니라, 내 속에 화가 일어날 요인이 있고, 거기에 내가 어떻게 대응하느냐에 따라 결과가 달라진다는 것을 알 수 있습니다.

우리가 사는 세상엔 별일이 다 일어나고 별의별 사

람이 다 있어요. 그런데 내가 원하는 상대만 골라 만날 수도 없습니다. 따라서 정말로 괴로움에서 벗어나고 싶다면 내 기준을 상대에게 내세우기보다 내 업식에서 일어나는 분별하는 마음 자체를 순간순간 알아차리고 내려놓는 연습을 해야 합니다. 그러면 어떤 상황이든, 어떤 사람을 만나든 분노를 조절하지 못해서 생기는 불상사를 막을 수 있습니다. 🌱

참 지 도
성내지도 않는
제 3 의 길

우리는 화가 날 때 보통 두 가지 행동을 합니다. 즉 화를 내거나 참지요. 그런데 화가 일어나면 참느냐, 내느냐 두 길밖에 없는 것 같지만 그렇지 않아요. 화를 내지도, 참지도 않는 제3의 방법이 있습니다.

어떤 분이 화를 다스리는 법을 알려달라며 이렇게 물었습니다.

"저는 화가 나면 말을 하지 않고 속으로 삭이는 편입니다. 말을 하자니 사안이 너무 사소한 것 같고, 안 하자니 화가 나요. 화가 날 때 하고 싶은 말을 쏟

아내는 것이 나을까요? 아니면 지금처럼 속으로 삭이는 것이 나을까요?"

화가 난다고 화를 다 내어버리면 상대도 덩달아 화를 내기 때문에 화를 더 확대생산하게 되니 이 방법은 제일 하수입니다. 반대로 화를 참는 것은 갈등을 확대재생산하지는 않지만 참으면 자기가 스트레스를 받아 병이 드니 이 역시 좋은 방법이 아닙니다.

참는 것이 누적되면 화병이 생깁니다. 화병이 생기면 목이 뻣뻣해지고 뒷골이 아프다가, 조금 더 심해지면 눈이 침침해지고 머리도 아픕니다.

우리 어머니 세대는 참고 살았기 때문에 화병이 많았어요. 그래서 이런 경우는 정신과에서 응급치료 목적으로 오히려 화를 풀도록 유도하기도 합니다. 그동안 꾹꾹 눌러 참아온 화를 계속해서 참기보다는 오히려 적절하게 표출하도록 유도해 치료하는 것이지요. 그러면 화병이 완화됩니다.

그러나 이것은 근본적인 치료법은 아니고 응급처

방이에요. 물이 끓어 넘칠 때 찬물을 한 바가지씩 붓는 것과 같습니다. 당장 끓는 화는 막을 수 있지만 곧 또다시 끓어 넘칩니다.

세상에서는 화를 참는 사람은 화를 안 내니까 훌륭한 사람이라고 말합니다. 그러나 이것은 자기 행복과는 거리가 먼 이야기예요. 행복은 괴롭지 않는 것인데, 화를 참으면 스트레스를 받기 때문에 괴로움에서 벗어나지 못하니 결코 행복하다고 할 수는 없겠지요.

어느 날 한 브라만이 자기 신도를 빼앗아갔다며 부처님께 욕설을 퍼부었어요. 부처님께서 아무 말도 않고 가만히 계시니까, 그 브라만은 자기가 이겼다며 큰소리를 쳤어요. 그러자 부처님께서 브라만에게 이렇게 말씀하셨습니다.

"우둔한 자는 욕과 비방을 늘어놓고서 자기가 이겼다고 한다. 그러나 진정한 승리는 올바른 인내를 아는 이의 것이다. 성내는 자에게 되받아 성내는 것은 어리석은 짓임을 알아야 한다. 상대의 감정에 말려드니 상대에게 진 것이고, 자기 분을 못 이기니 자기 자신에게도 진 것이다. 결국 이중으로 패배한 셈이다."

부처님께서 브라만이 하는 소리에 아무 말 없이 가만히 듣고만 계셨던 것은 그 사람이 하는 얘기가 옳다고 여겨서가 아니에요. 브라만이 살아온 배경이나 지금의 처지를 감안하면 그렇게 말할 수도 있겠다고 이해한 겁니다. 상대의 처지를 이해하고 인정하고 더 나아가 불쌍히 여기고 연민을 느낀 것이지요. 다른 사람이 볼 때는 '저런 수모를 겪고도 어떻게 참을까' 싶을 거예요. 그러나 정작 부처님은 참는 게 아니라, 다만 이해하고 인정해서 감정의 동요가 없었던 겁니다.

화가 일어나는 그 근본을 살펴 알게 되면 아예 화가 일어나지 않는 단계에 이를 수 있습니다. '너 때문에 화가 난다'는 생각이 들 때 '정말 그럴까?' 하고 곰곰이 생각해보는 거예요.

'아이가 저런다고 내가 왜 화가 날까?'

'남편(아내)이 저런다고 내가 왜 괴로울까?'

'상사가 저런다고 내가 왜 스트레스를 받을까?'

이렇게 자기감정의 근원에 문제제기를 할 수 있어야 합니다. 감정에 휩쓸리기 전에 한번 더 생각해보면 화낼 일이 아니란 걸 알 수 있어요. 화를 돋우는 건 아이도, 배우자도, 직장 상사도 아니고, 바로 나 자신 때문입니다. 내 의견을, 내 취향을, 내 생각을 고집하기 때문에 답답하고 화가 나고 괴롭고 슬픈 것이지요.

이것을 깊이 관찰해서 화날 아무런 이유가 없다는 것을 발견하게 되면 비로소 어떤 일에도 화가 일어나지 않는 단계로 갈 수 있습니다.

우리는 자기감정을 절대적인 것처럼 생각하지만,

실제로 감정이란 습관에 의해 형성된 결과물일 뿐이에요. 결국 습관이 나를 끌고가는 거나 다름없어요. 습관이 우리의 운명을 결정짓는 겁니다. 다른 말로 표현하면 지금 화가 나는 것은 지난 시절에 내가 뿌린 씨앗이 움튼 것이고, 계속해서 화를 내는 것은 또 다시 미래에 좋지 않은 열매를 맺게 하는 인연을 짓는 겁니다.

물론 순간순간 화가 날 이유가 없다는 것을 확연히 알기는 쉽지 않습니다. 자꾸 놓치게 되지요. 하지만 일상적으로 화를 억누르는 대신 화가 일어나는 순간을 알아차리려는 노력만으로도 어느덧 화를 덜 내는 단계로 가게 됩니다.

하루에 열 번 내던 화를 아홉 번만 내게 되고, 아홉 번 내다가 일곱 번 내면 성공한 겁니다. 전에는 화를 움켜쥐고 있으니까 화가 한 시간씩 지속되었다면 '아, 내가 또 미쳤구나' 하고 자각하면 10분 만에 제정신으로 돌아옵니다.

우리가 흔히 화난 사람을 '미쳤다'고 표현하는 이유는 그 모습을 생각해보면 쉽게 이해할 수 있습니다. 예를 들어 보통은 누가 칼을 들고 찌르겠다고 위협하면 도망을 가야 맞는데, 불같이 화가 나 있으면 어떤가요? 옷을 걷어올리고 배를 들이밀면서 어디 한번 찔러보라고 덤비죠. 제정신이 아닌 거예요.

그런데 습관적으로 화가 일어나더라도 호흡을 가다듬고 '너 또 미치는구나!' '너 또 너만 옳다고 성질 부리는구나!' 하고 알아차릴 수 있다면 감정에 휩쓸리지 않을 수 있습니다. 부싯돌이 불꽃을 일으켜도 종이를 갖다 대지 않으면 불꽃은 이내 사라지고 말듯이, 화도 마찬가지입니다.

그러다보면 자연스럽게 화가 점점 줄어들게 됩니다. 화가 일어나는 순간을 알아차리지 못하더라도 상대를 문제삼는 게 아니고 '내가 놓쳤구나' 하고 자각하면 화가 일어나는 횟수가 줄어들고, 또 화를 내더라도 지속 시간이 줄어드는 식으로 내 안에서 변화가 일어납니다.

  상대가 화를 낼 때는 바로 감정을 드러내지 말고 침묵으로 대응하는 것도 방법입니다. 내 마음이 조금 고요해졌다 싶으면 거기서 더 나아가 남편이나 아내, 자식이나 부모, 친구나 직장 동료가 화를 내고 욕을 할 때 빙긋이 한번 웃어보세요.

  아마 처음에는 열에 아홉은 잘 안 될 겁니다. 겨우 입으로는 웃더라도 마음은 잘 웃어지지 않을 거예요. 그렇더라도 억지로 한번 웃어보고, 내일 다시 웃어보고, 모레 또 웃어보세요. 그렇게 상대의 감정에 휩쓸리지 않는 연습을 하다보면 어느 순간 상대가 어떻게 하든 그로부터 자유로워져 있는 자신을 발견하게 될 겁니다. ❧

상 대 의 말 에
되받아치지 못해
억 을 하 다 면

누군가에게 부당하게 욕을 먹거나 어떤 일을 하다가 억울하게 누명을 썼는데 아무 말도 못하고 돌아섰다면 나중에 이런 생각이 들 수 있습니다.

'그때 내가 이렇게 되받아쳤어야 했는데.'

당할 때는 적절한 말이 생각나지 않다가 어느 정도 시간이 지나고 나서야 할 말이 떠오르지요. 그처럼 상대에게 되갚아주지 못해 억울하고 분하다며 이렇게 묻는 분이 있었습니다.

"얼마 전 직장 동료와 다투었습니다. 상대방이 화

를 내며 이야기하는데 저는 머릿속이 하얘지면서 아무 생각도 나지 않아서 한마디도 못했습니다. 그런데 시간이 갈수록 '그때 이렇게 되받아쳤어야 했는데' 하고 후회가 막심했습니다. 어떻게 해야 바보처럼 당하지만 않고 적절하게 대응할 수 있을까요?"

먼저 어떤 일을 당했을 때 그 순간에 적절한 말이 떠오르기를 바란다면 그 상황에 빠져들지 말아야 합니다. 누군가와 대립하는 상황에서 적절한 말이 떠오르지 않는 것은 그 순간 화가 나거나 미워지거나 괴롭거나 불안감에 사로잡혀 아무것도 생각나지 않고, 보이지 않기 때문이에요. 그러다 어느 정도 시간이 지나고 나서 마음이 안정되면 그제야 할 말이 떠오릅니다.

보통은 누가 내게 욕을 하면 불쾌해지고 그 분한 감정에 사로잡혀 같이 욕을 합니다. 그렇게 나도 덩달아 화를 내고 욕을 하면 그 순간엔 지지 않고 맞불을 놓아 속이 후련한 것 같지만 조금만 시간이 지나고 나면 후회하게 됩니다. 그렇다고 화를 참기만 하면 스스로가 바보처럼 느껴지지요.

그런데 내가 화에 사로잡히지 않으면 상대에게 휘말리지 않을 수 있습니다. 나아가 "아이고, 저 사람이 지금 얼마나 기분이 나쁘면 저런 말을 할까" 하고 이해하는 마음을 낼 수 있다면 상대는 화를 내더라도 나는 화가 나지 않을 수 있어요. 오히려 상대를 위로할 말이 떠오르기도 합니다. 그러니 그 상황에 빠져들지 말아야 합니다. 같이 화를 내봤자 상대방의 분노에 휩쓸리는 것에 불과해요.

또다른 방법은 상대에게 말로 되갚아주고 싶다는 생각 자체를 버리는 겁니다. 대응할 말을 찾는 것은 상대를 이기고 싶다는 뜻입니다. 뭔가 말로써 상대를 제압하고 싶은 마음, 이게 바로 이기고 싶다는 뜻이지요. 이때 말로 되받아쳐 이기고 싶은데 못 이겼기 때문에 억울하고 분한 마음이 드는 거예요.

"어떻게 하면 상대에게 말로 이길 수 있을까요?"

정말로 제게 묻고 싶은 것은 이 질문일 거예요.

그런 상황에서는 이기려는 생각을 버리고, 이기려고 하지 않는 게 가장 자유로워지는 길입니다. 이기는 방법을 찾아서 대응하다보면 남의 가슴에 못을 박게 됩니다. 내 가슴에 못이 박히면 내가 깨닫고 뉘우치면 되는데, 남의 가슴에 못을 박는 말을 하면 내가 참회하고 뉘우친다고 소멸되지 않습니다.

예를 들어 연애할 때 상대에게 차이고 나면 화가 납니다. '그럴 줄 알았으면 차이기 전에 내가 먼저 차버릴 걸 그랬다' 싶을 때도 있어요. 그런데 내가 차버리면 나중에 내가 잘못했다고 생각할 때 해결할 방법이 없습니다. 상대에게 차이면 순간 괴롭고 자존심이 상할 수는 있겠지만, 그럴 때 내 아픔만 치유하면 될 뿐 나중에 상대에게 준 상처 때문에 괴로워할 일은 없습니다.

따라서 진짜 현명한 사람은 상대에게 상처를 주는

것보다 차라리 상처받는 게 더 낫다는 것을 압니다. 그래야 괴로움에서 더 빨리 벗어날 수 있으니까요.

또 내가 누군가를 미워하면 스스로 괴로워질 뿐만 아니라, 내가 상대방 만나기를 꺼려하니까 스스로 그 사람을 만날 자유를 잃어버리는 겁니다. 미움이라는 것은 상대를 만나기 싫다는 말이기 때문에 '나는 그곳에 가지 않겠으니 너도 이곳에 오지 마라'는 출입금지와 같아요.

결국 미워하는 마음을 갖지 않아야 이 세상 어디라도 자유롭게 갈 수 있고, 누구라도 편하게 만날 수 있는데, 우리는 우리 자신을 자꾸 감옥으로 몰아넣습니다.

따라서 자유롭게 살고 싶다면 상대를 이기려는 생각, 미운 상대에게 적절한 말로 되받아치고 싶다는 생각 자체를 버려야 합니다. 제가 이렇게 말하면 되물을지도 모릅니다.

"그렇게 하면 바보 같지 않습니까?"

차라리 바보 같은 게 낫습니다. 똑똑하지도 않으면서 똑똑한 척하는 사람이야말로 정말로 어리석은 겁니다. 게다가 똑똑한 척하려면 힘이 듭니다. 그냥 "아이고, 제가 잘못했습니다" 하고 끝내버리면 간단하잖아요. 그러면 상대를 제압할 적절한 단어를 찾으려고 머리를 안 굴려도 됩니다.

말로 이기는 걸 너무 좋아하지 마세요. 또 말로 지는 것을 패배라고 생각할 필요도 없습니다. 이기려는 생각이 있기 때문에 패배도 있습니다. 이기려는 생각이 없으면 패배할 일도 없습니다. ♥

과거의 상처를
인생의 자산으로
만 드 는 법

우리는 의외로 가족이나 가까운 사람에게 상처를
많이 받습니다. 그러나 상처받을 일이 아닌데 상처로
기억하거나 설령 정말로 상처받을 일이 있었더라도
이미 지나간 일인데 붙잡고 놓지 못해서 괴로워하는
경우가 대부분이에요.

예를 들어 부모에게 상처를 받았다고 얘기하는 사
람들을 보면 그동안 부모가 베풀어준 은혜는 당연하
게 생각하고 "오빠는 대학에 보내주고, 나는 안 보내
줬다" "형제가 싸우면 늘 나만 혼냈다"와 같은 과거

의 기억을 끄집어내서 부모를 원망합니다. 얘기를 들어보면 상처를 준 사람은 별로 없는데, 상처받은 사람은 부지기수로 많아요.

어릴 때 엄마가 자기를 버리고 집을 나가 깊은 상처를 간직한 분이 있었습니다. 몇 십 년 만에 엄마를 다시 만났는데, 다 늙어버린 엄마를 여전히 용서할 수가 없다면서 울먹이며 말했습니다.

"이미 일흔이 넘은 엄마지만 여전히 용서할 수가 없습니다. 가끔 마음이 너무 괴로워 이제라도 엄마와의 관계를 풀어야 하나 고민이 되는데, 어떻게 해야 할지 모르겠습니다."

이때 눈물이 나는 것은 나를 버린 엄마 때문이 아니에요. 과거에 내가 버림받은 사실을 상처로 간직한 채 꼭 붙잡고 있기 때문입니다. 과거에 버려진 기억이 아직까지 나를 슬프게 하는 겁니다.

우리의 괴로움은 주로 과거에 대한 기억에서 비롯

됩니다. 옛날에 누군가에게 서운했던 일, 누구한테 해코지 당했던 일을 떠올리면서 괴로워합니다. 이미 지나가버린 일들을 사진이라도 찍어둔 듯 마음속에 고이 간직한 채 그 잔영에 집착하고 매달려서 스스로 고통을 확대하고 재생산하는 것이지요. 스스로를 어둠의 동굴에 가두는 꼴입니다.

과거의 나쁜 기억을 놓지 않고 마음속 깊은 곳에 품고 있다가 시시때때로 되새기며 괴로워하는 것은 극장에 가서 영화를 보는 것과도 같아요. 우리가 옛날 일을 떠올리면 우리 뇌는 그 일이 실제로 눈앞에서 벌어지고 있는 것처럼 착각합니다. 그래서 좋은 일을 떠올리면 자기도 모르게 웃음이 터져나오지만, 괴롭고 슬펐던 일을 떠올릴 때는 눈물이 주르륵 흐르기도 하고, 가슴이 답답해지면서 숨이 꽉 막히기도 하지요.

이렇듯 우리의 감정은 무의식적으로 반응을 일으키기 때문에 지나간 일들을 상처로 간직하면 현재를 사는 게 고통스러워져요. 과거는 내 생각 속에 있을 뿐이지, 지금 이 순간 실제로 존재하지 않습니다. 그런데도 습관처럼 과거의 기억에 빠져든다면 녹화방송만 찾아서 보는 것과 같아요. 예를 들어 주변에 옛날 얘기만 하는 사람들이 있잖아요. 그런 사람들의 특징은 나이가 오십이 넘어서도 열 살 때 얘기를 계속합니다. 나이를 먹었어도 오래전 그 시절을 살고 있는 셈입니다.

결국 모든 상처는 그 기억을 붙들고 있는 나의 마음속에 있습니다. 우리가 괴로운 것은 누가 상처를 줘서가 아니에요. 상처받을 일이 아닌데 상처받고, 그 상처를 내면에 품고 있다가 때때로 꺼내 보면서 괴로워하기 때문입니다.

너무 무겁게 과거를 짊어지고 다니지 마세요. 지금의 슬픔이 과거의 기억에서 비롯된 것이라는 사실을 분명히 알면 상처에서 벗어나는 방법은 간단해집니다. 스스로 선택하면 돼요. 머릿속으로 옛날 영화를 틀면서 계속 슬퍼하는 대신 시선을 지금, 여기로 돌리면 됩니다.

나를 버린 엄마지만, 내가 알지 못하는 어쩔 수 없는 상황이 있었을지도 몰라요. 어릴 때는 상처받기 쉬운 연약한 아이였으니 엄마를 미워할 수도 있겠지요. 하지만 지금은 자식을 낳아 키울 그 당시 엄마 나이가 되었으니, 자식을 버릴 수밖에 없었던 엄마의 심정을 헤아려보세요. 그러면 마음이 조금 달라질 수도 있습니다.

'엄마, 저를 낳아주셔서 감사합니다.'

'당신 덕분에 제가 이 세상에 있습니다.'

이렇게 원망하는 마음을 내려놓고 감사기도를 하다보면 어두웠던 마음이 저절로 밝아집니다. 사랑받지 못하고 버려졌다는 피해의식에서 벗어날 수 있어요.

세상에 나를 괴롭히는 사람, 고통에 빠뜨리는 사

람, 불안하게 하는 사람이 따로 없습니다. 내가 과거의 나쁜 기억을 놓지 않고 마음속 깊은 곳에 품고 있어서 생긴 문제예요. 그것을 자각하는 데서 상처가 치유되기 시작합니다.

태어난 사람은 누구나 다 행복할 수 있습니다. 어릴 때 어떤 경험을 했든 그것은 다 지나간 과거의 일입니다. 과거의 영상만 틀지 않으면 나는 어떤 순간에도 행복할 수 있어요. 살아 있는 지금, 숨이 들어오고 숨이 나가는 이 순간만이 현재입니다. 현재에 집중하면 괴로움은 존재할 수가 없습니다.

만약 현재에 집중할 수 있다면 과거에 겪었던 모든 일은 인생의 경험이 되어 큰 자산으로 남게 됩니다. 설령 사업에 실패했든, 실연을 당했든, 누군가에게 상처를 받았든 그 모든 것들을 내 인생을 이해하는 소중한 경험으로 삼는다면 앞으로 어떤 일이 닥치든 지혜롭게 헤쳐나갈 수 있는 밑거름이 됩니다. 🌱

후 회 는
지나간 실수에
매달리는 것

'내가 그때 그런 실수만 하지 않았더라도.'

'내가 그때 그렇게만 했더라면.'

누군가 이렇게 지난 일들을 후회하는 얘기를 한다면 자기반성을 하는 것처럼 보일지 모릅니다. 하지만 이 사람 말에는 지금 행복하지 않다는 의미가 담겨 있습니다.

우리가 후회할 때는 과거에 저지른 잘못에 대한 반성도 있지만, 자신의 실수를 자신이 용납하지 못하는 데서 오는 괴로움이 더 큽니다. 그래서 후회할 때의 자기 마음 상태를 잘 살펴볼 필요가 있어요.

친정엄마에게 상처가 되는 말을 내뱉고 난 뒤 너무 후회가 된다는 딸이 있었습니다.

"친정엄마가 시골에서 혼자 살고 있습니다. '자식들이 마음을 헤아려주지 않는다' '자식 열심히 키워봐야 소용없다'고 불만이 많으십니다. 엄마를 이해해 죄송스러운 마음이 들다가도 자식들을 원망하는 말씀을 하실 때에는 '또 잔소리한다' 싶어 거부감이 듭니다. 며칠 전에도 그런 일이 있어서 화를 내고 그 뒤로 전화도 안 드렸습니다. 그러고나니 너무 후회가 됩니다."

많은 사람이 부모와의 문제로 갈등을 겪습니다. 그런데 부모를 이해하지 못하는 자식도 나중에 자신이 나이가 들면 비로소 부모 심정을 알게 됩니다. 어릴 때 말 안 듣고 애를 먹일 때는 엄마가 아무리 타일러도 자식들 귀에는 엄마 말이 잘 안 들어옵니다. 그런데 자기도 자식을 낳아 키워보면 그때야 '우리 어머니, 아버지가 마음고생을 참 많이 하셨구나' 하고 알게 됩니다.

또한 자신이 늙어서 여기저기 아픈 데가 생기고, 배우자가 먼저 세상을 떠나 혼자 있어봐야 홀로 계신 늙은 어머니의 외로움이 어떤 건지를 이해할 수 있습니다. 설사 지금은 노인들의 심정을 다 알지 못한다 해도, 그 심정을 헤아려보고 외로움을 달래주면 내가 나이 들어서 오히려 그런 외로움을 안 겪게 됩니다. 즉 내가 늙었을 때 외로움을 타지 않게 되는 것이지요. 그러니 꼭 어머니를 위해서라고 생각하지 말고 내가 늙어서 겪을 고통을 지금 미리 막는다는 마음으로 어머니를 돌봐드리면 됩니다.

부모는 시골에서 어렵게 살면서 '내가 고생해서 자식을 키웠으니 노후가 좋지 않겠나?' 하고 생각했는데 막상 자식을 다 키워놓으니 제 살기 바빠 명절에 얼굴 한 번 비치고는 1년 내내 거의 안 오잖아요.

이렇게 부모 혼자 외로이 사니까 자꾸 신세타령이

나오는 거예요. '내가 얼마나 고생하면서 너희들을 키웠는데'라며 자식에 대해서 자꾸 섭섭해지고 원망의 소리가 나오게 됩니다.

이 문제를 해결하는 길은 어렵지 않습니다.

'어머니, 저를 키운다고 얼마나 고생하셨습니까. 제대로 찾아뵙지도 못하고 죄송합니다.'

이런 마음을 먼저 내면 됩니다. 내가 참회를 하면 우선 어머니에게 섭섭한 소리를 들어도 마음에서 저항감이 안 생깁니다. 혹시 어머니가 서운해하는 말을 하시면 "맞아요. 자식 키워봐야 아무 소용없죠?" 하고 맞장구를 쳐주면 어머니뿐 아니라 자신에게도 위로가 됩니다.

그런데 '또 시작이다, 또 저 소리다. 자기만 자식 키웠나' 이런 식으로 생각하면 어머니의 얘기가 잔소리로만 들리기 때문에 자꾸 어머니가 미워지고 자기 자신도 괴롭고 답답해집니다. 답답하니까 다투게 되고 다투니까 전화도 하기 싫어지는 것이지요. 그러다 돌아서면 죄송한 마음에 어머니를 생각하면서 또 울잖아요.

이렇게 사이가 멀어진 채로 있다가 어머니가 갑자기 돌아가시면 그때부터는 불효했다는 생각 때문에 몇 년을 후회하고 자책하며 살게 됩니다.

그런 어리석은 행동을 더이상 반복하지 않으려면 내 형편이 되는 대로 어머니께 정성을 쏟는 게 좋습니다. 전에는 전화를 일주일에 한 번 했으면 앞으로는 두 번 하고, 전에는 1년에 두 번 찾아뵈었으면 이제는 계절마다 찾아뵙고, 전에 다달이 갔으면 이제는 격주로 가는 겁니다.

그렇게 전보다 두 배 더 마음을 써서 어머니의 한을 풀어드려야 합니다. 어머니의 맺힌 한이 그분의 한만은 아니에요. 어머니가 돌아가시면 다 내 한이 됩니다.

'살아계실 때 조금만 더 잘할걸.'

이런 후회가 가슴에 쌓여 있으면 내 한이 되는 거

예요. 그러니 지금 부모에게 잘하는 것은 결국 나를 위하는 길입니다.

지나간 잘못을 후회하며 자책하는 것은 어리석은 겁니다. 후회한다는 건 실수를 저지른 자기를 미워하고, 제대로 대처하지 못한 스스로를 미워하는 마음이에요. 후회는 자기에 대한 또다른 학대입니다. '나는 그런 잘못을 저지르지 않아야 할 훌륭한 인간인데, 내가 그런 잘못을 저질렀다'는 사실을 용납할 수가 없는 거예요. 이렇게 '잘난 나'라는 게 마음속에 있기 때문에 후회를 하는 겁니다.

남을 용서 못하는 게 미움이라면 자기를 용서 못하는 게 후회입니다. 후회는 반성이 아닙니다. 후회는 '내가 잘났다' 하는 것을 움켜쥐고 있기 때문에 하는 거예요. '나처럼 잘난 인간이 어떻게 바보처럼 그때 그걸 못했을까?' 이게 후회예요. 그러나 이제라도 그때 그런 수준이 나라는 걸 인정하고 받아들이면 됩니다.

후회에 빠져 있으면 또다른 집착이 됩니다. 정말 반성을 했다면 '아, 그때 내가 잘못했구나' 하고 깨달았을 때 앞으로 다시는 그런 어리석음을 저지르지 말아야겠다고 다짐하고 넘어가면 됩니다. 넘어지면 넘어진 채 울고만 있는 게 아니라 벌떡 일어나서 '다시는 넘어지지 말아야지' 하고 결심하는 것이지요. 이것을 참회라고 합니다. 즉 '참懺이란 지나간 허물을 뉘우침이요, 회悔란 다시는 허물을 짓지 않겠다'고 맹세하는 것입니다.

사람이란 별것 아니에요. 실수도 하고 잘못할 수도 있는 게 인간입니다. 이런 나를 나무라는 대신 '아, 내가 참 잘못했구나. 다음에는 같은 실수를 하지 말아야지'라고 가볍게 끝내고, 지나간 일을 후회하거나 자책하는 대신 앞으로 나아가야 합니다. 🌷

불 안 은
미래에 대한
집착에서 온다

우리는 되돌릴 수 없는 과거를 붙잡고 괴로워할 뿐만 아니라 아직 오지도 않은 미래를 미리 걱정하고 불안해합니다. 미래는 오지 않았고 실현되지 않은 시간이에요. 그런데도 사람들은 어떤 일이 일어날지 알 수 없는 미래 때문에 걱정하고 두려워합니다.

'시험에서 떨어지면 어쩌나?'

'병이 들면 어쩌나?'

'자식들 다 키우고 나면 노후를 어떻게 보내나?'

이런저런 걱정에서 잠시도 떠나지를 못합니다. 이

미 지나가버린 과거를 붙들고 괴로워하는 것도 모자라 아직 닥치지도 않은 미래의 일을 염려해 안절부절못합니다.

　어느 날 30대 중반의 미혼 여성이 자신의 불안한 미래에 대해 이렇게 물었습니다.

　"프리랜서로 일을 하다보니 때때로 불안감이 엄습하고 노후도 걱정이 됩니다. 단지 수입이 불안정해서라기보다는 미래에 대한 뚜렷한 계획이나 목표가 없어서 그런 것 같습니다. 어렸을 때는 항상 도달해야 하는 목표가 있었고, 그 목표를 향해 열심히 달려갔는데, 어느 순간 '내가 무엇을 위해 이렇게 정신없이 달려왔나' 하는 생각이 들어서 회사를 그만두었거든요. 지금은 마음은 편한데, 아무런 목표도 없이 이렇게 하루하루 살아도 괜찮은지 가끔 불안하고 혼란스럽습니다."

　마음은 편한데 왜 혼란스러울까요? 옛날처럼 또

그렇게 정신없이 살고 싶으면 그렇게 살아도 됩니다. 그런 삶이 문제가 있다고 생각해서 놓아버렸으면 이제 편하게 살면 되죠.

그런데 '이렇게 목표 없이 살아도 괜찮은가' 하고 불안해지는 것은 지금까지 목표를 향해 열심히 달리며 살아온 관성, 즉 오랜 습관이 아직 덜 빠져서 그렇습니다. 그 습성이 아직 무의식세계에 남아 있어서 가만히 있으면 왠지 뒤처지는 것 같고 허송세월하는 것 같은 심리적 불안이 일어나는 거예요. 이것은 마치 담배에 중독된 사람이 담배를 끊는 대신 더 좋은 담배를 찾아 피우려고 하는 것과 같아요. 술에 중독되어서 더 좋은 술을 먹으려고 하는 것과 같습니다.

그러나 아무리 좋은 담배를 피운다고 해도 안 피우는 것보다는 못하고, 아무리 좋은 술을 마신다고 해도 안 마시는 것보다는 못합니다. 탁 내려놓고 안 먹는 쪽으로 가버리면 아무 걱정 없는데 이러한 이치를 깨닫지 못하면 좋은 술과 담배를 볼 때마다 마음이 흔들리게 됩니다.

친구들이 술을 마시고 담배를 피우는 모습을 보고 '왜 나만 세상에 뒤처져서 손해를 보나' 하는 생각이 든다면 아직도 습관의 잔재가 남아 있는 것입니다. 술과 담배를 안 하는 사람에게는 더 좋은 술, 더 좋은 담배가 무슨 의미가 있겠어요? 마찬가지로 아무리 사람들이 돈을 태산같이 쌓고 지위를 높여가도 그것이 내가 가야 할 행복의 길이 아니라고 생각하면 그것을 쳐다보고 불안해할 아무런 이유가 없어요.

자연계를 한번 살펴보세요. 지구가 태양을 돌 때 무엇을 목표로 두고 돌까요? 몇날 며칠도 아니고 몇십 년도 몇 백 년도 아니고, 얼마나 오랫동안 돌았을까요? 무슨 재미로, 무슨 목적으로 돌까요? 지구는 그냥 돕니다. 지구상에 있는 생물들도 보세요. 식물은 싹을 틔우고 자라고 꽃피우고 죽지 않습니까? 무슨 목적으로 그렇게 하고 있을까요? 다람쥐나 토끼는 무슨 목적으로 그렇게 열심히 산을 뛰어다닐까요? 땅속에 돌아다니는 두더지는 무슨 목적으로 그렇게 땅굴을 파고 있을까요? 그냥 그렇게 살아가고 있는 겁니다.

인간도 마찬가지예요. 풀이 한 포기 자라고, 토끼 한 마리가 나듯이 사람도 태어나서 자연의 일부로 살다 떠나는 겁니다. 우리가 아무 생각 없이 산다고 해서 인간의 존엄성을 떨어뜨리는 것도, 자연의 질서를 무너뜨리는 것도 아니에요. 그러니 인생에 목표가 없다고 해서 불안해할 이유가 전혀 없습니다.

우리가 자꾸 '인생에는 목표가 있어야 해' 하고 생각하기 때문에 인생이 괴로운 겁니다. 인생에 의미를 너무 많이 부여하기 때문에 불안하고 초조하고 괴로운 거예요.

오늘 아침 한끼 배부르게 먹었다면 불안해할 일이 뭐가 있겠습니까? 오늘 저녁에 추위에 떨지 않고 잘

곳이 있다면 불안해할 일이 뭐가 있겠어요?

어디에 매이기도 싫고, 누구 밑에서 일하기도 싫고, 누구 간섭도 받기 싫어서 프리랜서를 선택했잖아요. 그것은 자고 싶으면 자고, 어디 가고 싶으면 가고, 글 쓰고 싶으면 쓰면서 마음대로 살고 싶다는 뜻입니다. 따라서 하고 싶은 게 없는 게 아니라, 하고 싶은 게 너무 많은 사람이에요. 무엇을 하든 자기가 원하는 대로 하고 싶은 것이지요. 이 세상에서 이보다 더 큰 욕심은 없습니다.

자기가 원하는 대로 살고 싶어서 조직생활을 그만두었으면서도 왜 불안해하고 초조해할까요? 바로 '내가 이렇게 살면 미래에는 어떻게 될까?' 하는 미래에 대한 근심과 걱정 때문이에요. 미래에 대한 집착이 오늘을 불안 속에 살게 하는 겁니다.

이렇듯 불안한 마음은 80~90퍼센트 이상이 미래에 대한 자기 생각에서 옵니다. 미래에 대한 초조, 불안감을 잠재우려면 내일 일은 내일 생각한다는 자세가 필요합니다. 그런데 제가 이렇게 말하면 사람들이 되묻습니다.

"사람이 어떻게 오늘만 생각하고 살아요? 내일도 생각하고, 모레도 생각하고, 1년 후도 생각하고, 10년 후도 생각해야지요."

그렇게 미리 준비하며 사는 건 좋은데, 그 생각에 너무 집착하면 머릿속에서는 지금 그런 상황을 경험하는 것과 동일한 정신 작용이 일어납니다. 그래서 마음이 불안해지고 초조해지는 거예요. 이것은 마음에서 오는 병입니다.

불안감은 건강문제에서도 크게 작용합니다. 40대 여성분이 몸에 이상증세가 느껴지는데 큰 병이 아닌가 불안해서 잠을 제대로 못 잔다며 이렇게 하소연을 했습니다.

"갑상선에 혹이 만져져서 정밀검사를 받고 결과를 기다리고 있는데, 걱정과 불안, 초조한 마음을 내려놓기가 힘이 듭니다. 마음을 어떻게 다스려야 할까요?"

몸에 이상증세를 발견했을 때 우리가 할 수 있는 것은 간단합니다. 먼저 몸에 이상이 있으면 병원에 가서 진찰을 받으면 되고, 정밀검사를 이미 받았다면 결과를 기다리면 돼요.

만약 양성종양이라고 하면 "아이고, 감사합니다" 하면 됩니다. 만약 '악성종양이었으면 어땠을까' 하고 한번 생각해보면 얼마나 감사한 일입니까.

설령 악성종양이라는 결과가 나와도 방법을 찾아 치료할 수 있으니 천만다행이지 않습니까. 만약에 1년 후에 알았다면 지금보다 치료하기가 더 어려워졌을 거잖아요. 또 치료는 의사가 하는 것이니 의사에게 맡기면 됩니다. 혹시 수술하다 죽으면 어떻게 하나 걱정할 수도 있겠지요. 그런데 그건 그때 가봐야 알 일이에요. 미리 걱정한다고 수술이 잘되고, 걱정 안 한다고 수술이 안 되는 건 아닙니다.

길은 두 가지예요. 하나는 잘될 거라고 믿고 기도하는 겁니다.

'수술을 할 수 있어서 감사합니다. 그만하기 다행입니다.'

다른 하나는 몸에 대한 집착을 내려놓는 계기로 삼는 겁니다.

'천년만년 살 것 같더니 육신이란 이렇게 하루아침에 허물어지는 것이로구나! 이 육신에 집착할 바가 아니구나!'

이렇게 알면 남은 인생을 조금 더 가볍고 행복하게 살 수 있습니다. 시험준비든, 인생설계든, 건강문제든 모든 불안은 미래에 대한 집착 때문에 생깁니다. 미래에 일어날 일을 미리 걱정하지 말고 지금 여기서 일어나는 일에 관심을 기울여보세요. 그리고 결과가 어떻게 나오든 다 괜찮다고 자기암시를 해보세요. 그러면 불안한 마음이 조금씩 가라앉게 됩니다.

우리는 늘 현재를 놓치며 삽니다. 과거를 생각하다

현재를 놓치고, 미래를 걱정하느라 또 현재를 놓칩니다. 행복이란 어디서 뚝 떨어져서 내게 오는 게 아니에요. 지금 이 시간에 집중해서 최선을 다할 때, 그 하루하루가 쌓여 행복한 미래가 되는 겁니다. ♥

열 등 감 과
우 월 감 은
뿌 리 가 같 다

우리는 보통 타인과 비교하면서 자신을 판단합니다. 다른 사람보다 조건이 좋으면 우월감을 느끼고, 다른 사람보다 조건이 나쁘면 열등감을 느낍니다. 어떤 절대적인 기준이 있는 것이 아니라 누구와 비교하느냐 하는 데서 일어나는 내 마음의 문제라고 할 수 있습니다.

어릴 때 친구들에게 놀림을 받아 외모에 대한 열등감을 가지고 있던 분이 이렇게 물었습니다.

"보통 사람보다 얼굴이 조금 큽니다. 얼굴 때문에 놀림도 많이 받았고, 이런 상처 때문에 37년 동안을 괴롭고 외롭게 살았습니다. 성격도 예민하고 소심해서 친구도 몇 안 되고, 늘 제 외모에 대한 불만으로 밤에 잠도 잘 오지 않습니다. 어떻게 해야 할까요?"

제가 되물었습니다.

"여기 있는 이 물병이 커요? 작아요?"

"작은 것 같아요."

"물병을 책상과 비교하면 커요? 작아요?"

"작아요."

"물병을 손목시계와 비교하면 커요? 작아요?"

"커요."

"그럼 이 물병 자체만 놓고 보면 커요? 작아요?"

"보통 아닌가요?"

"……"

우리는 사물을 비교해서 인식하기 때문에 어떤 때는 크다고 인식하고, 어떤 때는 작다고 인식하고, 어떤 사람은 크다고 인식하고, 어떤 사람은 작다고 인식합니다. 그러니 크니 작니, 새것이니 헌것이니, 잘났느니 못났느니, 늙었느니 젊었느니, 길다느니 짧다느니 하는 것은 존재의 객관적 실재 같지만 사실은 인식의 문제입니다.

얼굴 크기도 누구와 비교하느냐에 따라 인식이 달라지는 것이지, 어디서부터 큰 얼굴이고 어디서부터 작은 얼굴인지 정해진 게 없습니다. 마찬가지로 어릴 때 철없는 아이들에게 "네 얼굴 참 넓적하고 크다"라는 말을 들었던 기억이 아직까지 깊은 상처로 남아서 그 생각에 사로잡혀 있는 것뿐이에요.

개미집에 수도 없이 모여 있는 개미를 보면 그 많은 개미들의 모습이 다 비슷비슷하게 보입니다. 하지만 개미를 한 마리씩 잡아서 아주 정밀한 저울로 무게를 재보면 그 무게가 제각기 다릅니다. 개미의 얼굴 크기나 눈 크기도 모두 다를 겁니다.

그렇다면 그중 어떤 개미가 잘생긴 개미고, 어떤 개미가 못생긴 개미인가요? 현미경으로 확대해서 비교해보면 그 얼굴 모습이야 각기 다르겠지만 아마 못생겼다는 이유로 열등감에 빠져 고민하는 개미는 없을 겁니다. 스스로 문제라고 느끼니 문제일 뿐이지, 그 생김새의 차이는 아무런 문제도 될 것 없는 다만 서로 다른 생김새에 불과합니다.

열등감이나 우월감은 모두 삶의 기준을 타인에 두고 있다는 공통점이 있습니다. 내 삶을 내가 산다는 주인의식 없이, 내 삶을 남과 비교하기 때문에 생겨나는 심리적 현상입니다. 그래서 열등감과 우월감은 뿌리가 같다고 할 수 있습니다.

우리가 볼 때 소위 예쁘고 잘났다는 배우들을 만나보면 오히려 얼굴에 대한 열등감이 더 큽니다. 왜냐하면 열등감이 자기 자신에 대한 과대평가와 환상, 높은 기대감에서 비롯되기 때문입니다.

"다 잘났는데 눈이 문제야."

"다 괜찮은데 코가 문제야."

"입술은 괜찮은데 이가 이상하게 생겼어."

이렇게 외모에 대한 콤플렉스가 보통 사람들보다 오히려 많습니다. 결국 열등감은 어떤 절대적인 기준에 미달해서 느끼는 것이 아니고, 스스로 세워놓은 기대치에 미치지 못해서 생기는 괴로움이에요.

이 세상에는 열등한 존재도 우월한 존재도 없습니다. 존재는 서로 다를 뿐이에요. 예를 들어 보통 사람 스무 명을 뽑아서 그 사람이 가진 모든 것에 대해 점수를 매긴다고 가정해봅시다. 키나 몸무게가 많이 나가는 순서, 눈이나 입이 큰 순서, 팔이나 손가락이 긴 순서를 매기고, 또 누가 더 달리기를 잘하나, 멀리뛰기를 잘하나, 요리를 잘하나 등으로 순서를 매긴다면 다양한 순위가 나옵니다. 스무 명에게 한 1,000개쯤의 질문을 하고 점수를 매겨서 평균을 내어보면 그 평균점수가 비슷하게 나옵니다. 이것은 모든 사람이 각각 다르지만 전체적으로 보면 서로 비슷하다는 것을 의미합니다.

그런데 어떤 시대나 상황, 조건에서는 이 중에 몇 개만 가지고 등수를 매깁니다. 조선시대 과거시험에서는 오직 문장을 잘 쓰는 것으로 점수를 매겼어요. 그런데 현대사회에서는 노래 잘하고 춤 잘 추는 것도 굉장한 능력으로 인정받습니다. 50년 전에 태어났으면 공 잘 던지는 것이 아무 쓸모가 없었겠지만 지금은 야구선수로 활약해서 엄청나게 큰돈을 법니다. 이처럼 능력이라는 것도 시대에 따라 무엇을 평가 기준으로 삼느냐에 따라 달라지는 겁니다.

열등의식이 허상임을 알아야 열등의식에서 벗어날 수 있습니다. 가령 신체장애는 열등한 것이 아니라 불편한 것일 뿐이에요. 팔이 하나 없는 것은 다만 불편할 뿐이라는 생각을 하면 의수를 해서 편리한 방향으로 극복하면 됩니다.

존재는 다만 다를 뿐이라는 것을 알아서 주어진 상황을 긍정적으로 받아들이는 것이 열등감과 우월감을 넘어 행복으로 가는 첫걸음이에요. 만약 스님이라면 혼자 사는 사람으로 자기 정체성을 삼아야지, 자꾸 결혼한 사람과 비교하면 스스로가 열등해집니다. 스님이 결혼한 사람을 부러워한다는 것은 자신의 승려생활에 만족하지 못한다는 말과 같습니다. 제가 출가를 하지 않았다면 이렇게 자유롭게 강의를 하러 다닐 수 없겠지요. 혼자 살기 때문에 가능한 것들이 참 많습니다.

앞으로 '나는 이것도 아니고 저것도 아니고 도대체 뭔가?' 하고 자괴감이 들 때는 '나는 이것도 되고 저것도 된다'고 바꿔 생각해보세요. 자기가 가진 조건을 긍정적으로 바라볼 때 일도 더 잘 풀리고, 자기 삶도 더 당당하게 살 수 있습니다. ♥

마 음 은
생 주 이 멸
生 住 異 滅

우리 몸은 원소의 물질적 결합으로 조건에 따라 변해갑니다. 일순간도 머무르지 않고 낡은 세포는 소멸하고, 그 빈자리는 새로 생성된 세포로 메워져요. 우리는 항상恒常할 거라고 생각하지만, 사실은 이렇게 생성소멸을 되풀이하며 끊임없이 변해갑니다. 이런 우리 몸의 변화를 '생로병사生老病死'라고 하지요.

우리의 마음도 마찬가지입니다. 한 가지 생각이 일어나면 계속 머물러 있을 것 같지만 이내 흩어지고 사라져버려요. 이것을 '생주이멸生住異滅'이라고 합니다.

우리는 상대의 마음이 한결같기를 바라지만 사실은 불가능한 기대입니다. '죽을 때까지 서로 사랑하자'고 아무리 굳게 약속을 해도 어느 정도 시간이 지나면 그 마음은 변하게 마련이에요. 이게 마음의 성질입니다. 그런데 이런 성질을 알지 못한 채 마음이 변하지 않기를 바라니까 그렇게 되지 않으면 괴로워지는 거예요.

마음은 매 순간 끊임없이 일어났다 사라집니다. 그래서 '이것이 마음이다' 하고 내놓을 만한 실체는 어디에도 없습니다. 그런데도 우리는 순간적으로 일어나는 기쁘다, 슬프다, 두렵다, 외롭다 하는 갖가지 마음에 집착해서 걱정과 근심을 합니다.

지금 연애를 하고 있는데 결혼 후 상대방의 마음이 바뀔까 걱정이라는 분이 이렇게 물었습니다.

"연애하다 마음이 변하는 것을 나쁘게 생각하지

않았습니다. 그러나 결혼 적령기에 접어들면서 생각이 달라졌습니다. 결혼한 뒤 마음이 변한다고 해서 그때마다 배우자를 바꿀 수는 없으니 오직 한 사람만 보면서 평생 살아야 된다는 걸 생각하게 됐습니다. 그 뒤로는 마음의 짐이 되었는지 연애도 잘 안 됩니다. 마음이 변하지 않는 방법, 변하더라도 좋은 쪽으로 변하는 길이 있을까요?"

그런 길은 없습니다. 마음의 성질이 원래 꾸준하지 않습니다. 금방 좋았다가 금방 싫어지고, 금방 천생연분이었다가 금방 철천지원수가 되고, 늘 그렇게 왔다갔다 죽 끓듯이 변하는 게 마음입니다. 옳으냐, 그르냐의 문제를 떠나 마음의 성질 자체가 그렇습니다.

똥 누러 갈 때 마음과 똥 누고 올 때 마음이 다르고, 돈 빌릴 때 마음과 돈 갚을 때 마음이 다르고, 결혼하자고 따라다닐 때 마음과 결혼한 뒤의 마음이 다릅니다.

결혼해서 살다가도 한 번쯤 데이트해보고 싶은 이

성을 만날 수도 있을 겁니다. 그런 마음이 안 일어나는 것이 아니라 그런 마음이 일어나지만 그렇게 행동하지 않을 뿐입니다. 하고 싶은 대로 했을 때 얼마나 큰 손실이 따르고, 하기 싫다고 안 했을 때 얼마나 큰 이익을 잃어버리는 줄 알면 하고 싶어도 안 하게 되고, 하기 싫어도 하게 됩니다.

연애는 싫어지면 헤어져도 되는 자유로운 관계라서 마음 따라 움직여도 큰 문제가 없습니다. 상대가 나를 싫어하거나 내가 상대에게 싫증을 느낄 땐 헤어지는 편이 오히려 낫고 괴로움이 적습니다. 하지만 결혼을 하고 나서도 계속 그렇게 마음 가는 대로 움직인다면 좋지 않은 과보가 따릅니다. 그래서 좋고 싫은 감정에 치우치기보다 감정 너머의 세계로 가야 합니다.

결혼을 한다고 해서 감정 자체가 변하지 않고 늘 좋은 마음만 갖기를 바랄 수는 없지만 온갖 나쁜 감정이 일어나더라도 거기에 휘둘리는 대신 좀더 넓고

긴 안목으로 삶 전체를 봐야 합니다.

'감정이란 본래 일어나고 사라지는 것이다.'

그런 정도만 이해해도 감정에 휘둘려서 큰 손실을 입는 일은 피할 수 있습니다.

행복으로 가는 길은 우리 마음이 바뀌지 않는 데 있는 게 아니라, 마음이 바뀌는 줄 알고 그 변화에 구애받지 않는 데 있습니다. 그래서 좋아도 너무 들뜨지 않고, 싫어도 너무 가라앉지 않고, 평온한 삶이 됩니다.

누군가에게 마음을 일관되게 지속적으로 유지하라는 것은 아무리 강요해도 그렇게 될 수가 없습니다. 우리가 할 수 있는 것은 마음은 변하게 마련이라는 사실을 먼저 받아들이고, 그래도 그 사람과 계속 살지 말지 선택하는 길밖에 없어요.

우리 마음은 한번 일어나면 잠시 머물렀다가 흩어져서 사라집니다. 정도의 차이가 있을 뿐, 누구나 마찬가지예요. 마음이라는 게 이렇듯 시시때때로 바뀌기 때문에 믿을 게 못 되는데, 문제는 변하는 것을 변하지 않는다고 잘못 알고 있는 데서 괴로움이 생기는 겁니다. 이런 마음의 작용을 알면 상대를 고치겠다고 부질없이 노력하거나, 고쳐지지 않는다고 상대를 미워하는 괴로움에서 벗어날 수 있습니다. ❦

만들어진
습   관   은
고칠 수 있다

소나무가 절벽 위 바위틈에 뿌리를 내리고 살아남기까지는 소나무의 성질과 주변 상황과의 끊임없는 상호작용이 있었을 겁니다. 인간도 마찬가지예요. 지금 우리의 습관과 행동은 오래전부터 주변 환경과의 상호작용으로 형성되어온 것입니다.

그래서 이 습관이라는 것은 쉽게 바뀌지 않는 성질을 가지고 있습니다. 일종의 관성이지요. 그런데도 금방 바꾸려고 하니까 잘 안 됩니다. 그러면 "나는 문제다"라고 자책하기 쉽습니다. 마찬가지로 다른 사람의 성격이 빨리 안 바뀌어도 답답해하고 버럭 화를 내기도 합니다.

성격은 습관이고 습관은 본래 쉽게 바뀌지 않는데, 잘 안 바뀐다고 조급해하니까 화가 나고 미워하고 좌절하는 거예요. 더군다나 어릴 때 형성된 습관은 더더욱 고치기가 어렵습니다. 무의식에 깊이 뿌리박혀 있어서 고치기가 어렵기 때문에 "운명이다" 이렇게 말합니다. 그러나 습관도 다 만들어진 것이고, 고정불변한 것이 없기 때문에 노력하면 변할 수 있습니다.

예를 들어 담배를 끊으려고 할 때 의식에서는 '끊어야지' 하지만 무의식에서는 '끊기 싫어' 하기 때문에 의식과 무의식 사이에 갈등이 생깁니다. 그래야 된다고 생각하면서도 실제 마음은 그러기가 싫은 겁니다.

마음은 무의식에서 일어나고, 의지는 의식에서 일

어납니다. 의식이 무의식을 통제하려면 대부분 실패해요. 그래서 '작심삼일'이라는 말이 있는 겁니다. 의식으로 무의식을 통제하려니까 잘 안 되는 거예요. 그래서 윤리나 도덕으로는 안 해야 되는 줄 알면서도 마음이 끌려가는 경우가 있잖아요. 또 알긴 다 아는데 행동이 안 따라준다고 말하기도 합니다.

결국 우리의 말과 행동은 생각이나 의지보다 무의식인 마음의 영향을 더 강하게 받는다는 의미예요. 예를 들어 시험 기간에 학생들이 공부해야 한다고 생각하면서도 꾸벅꾸벅 졸잖아요. 공부해야 한다는 의지보다 피곤해서 자고 싶다는 본능이 더 강하게 작용하기 때문입니다.

예를 들어 시험공부를 하는 학생이 새벽 3시에 일어나기 위해 가족에게 부탁한 뒤 자명종 시계까지 맞춰놓고 잔다고 합시다. 새벽 3시가 되어 가족이 깨우고 시계도 울리니까 학생이 잠깐 눈을 떴지만 다시 잠들어버렸어요. 그러고는 아침에 일어나서 가족에게 왜 깨우지 않았냐고 투덜거리는 경우가 있습니다. 반면에 소풍을 간다거나 수학여행을 간다고 하면 어느 누가 깨우지 않아도 제시간보다 일찍 일어나는 경우가 많아요.

이것이 바로 의식과 무의식의 차이입니다. 몇 시에 일어나겠다는 것은 의식의 작용이에요. 잠이 들면 의식이 움직이지 않으므로 잊어버리게 됩니다. 그러나 잠이 들었다가도 꿈을 꾼다거나 기대감에 들떠서 평소보다 일찍 일어나는 것은 무의식이 움직인 결과예요. 무의식은 의식적인 것은 받아들여지지 않기 때문에, 자기가 아주 좋은 일이나 마음 깊이 와닿는 일일 때만 영향을 준다고 보면 됩니다.

어떤 굳은 결심을 하더라도 무의식에서 받아들이지 않으면 그 생각은 오래가지 못합니다. 그리고 아무리 생각이 바뀌어도 무의식이 바뀌지 않으면 행동이 잘 변하지 않지요. 자신의 단점을 계속 지적받고 고치려 노력해도 좀처럼 바뀌지 않는 것은 의지가 무의식까지 전달되지 않았기 때문이에요.

　무의식을 바꾸는 건 결코 쉽지 않습니다. 그렇다고 불가능한 것은 아니에요. 의지가 아주 강력하다면 절대로 변할 것 같지 않던 자신의 오래된 업식인 카르마를 변화시켜 나아갈 수 있습니다. 다만 변화를 기대하기 전에 카르마가 쉽게 바뀌지 않는 성질을 갖고 있다는 걸 알아야 합니다.

　그렇기 때문에 수많은 시행착오가 따를 수도 있고, 꽤 오랜 시간이 걸릴 수도 있다는 사실을 알고 시작해야 해요. 간혹 전기 충격에 버금가는 강력한 자극이 신체에 주어질 경우 순식간에 변화가 일어나기도 하지만 흔히 벌어지는 일은 아닙니다.

　우리의 운명을 결정하는 습관을 바꾸려면 꾸준한 노력이나 강력한 의지가 필요합니다. 그런데 대부분의 사람들은 꾸준히 하지도 않고 그렇다고 강하게 마음먹지도 않습니다. 조금 도전하다가 '에잇, 꼭 이

렇게까지 해야 하나, 안 그래도 다 사는데' 하고 포기
합니다.

어느 정도 시간이 필요하지만 변할 수 있다는 가
능성을 믿고 꾸준하게 밀고 나가야 합니다. 의식적
으로 꾸준하게 변화를 추구하면 시간이 흐를수록
그것이 습관으로 자리잡아 무의식화됩니다. 그러면
조금씩 변화가 일어나면서 비로소 운명이 바뀌게 됩
니다. ✿

3

나와 생각이
다른 사람과
함께 사는 법

우리가 사람을 만날 때 작용하는 심리가 있습니다.
누군가를 처음 만날 때 우리는
'상대와 나는 다르다'는 전제로 시작합니다.
그래서 처음엔 경계하고 탐색해요.
조심스럽게 이야기를 나누다 공통점을 하나둘 발견하면
"나하고 생각이 같네" "나하고 고향이 같네"
"나하고 성이 같네" 하면서
반가워하고 금방 친해지지요.
그래서 친구가 되기도 하고, 애인이 되기도 하고,
동료가 되기도 합니다.

그렇게 일단 가까워지면 '서로 다르다'는 전제가
'우리는 같다'는 전제로 바뀝니다.
그러면 비로소 관계가 단단해진 것 같지만
사실 그때부터 갈등이 시작됩니다.

상대가 나와 같다고 생각했는데 지내보니 아니거든요.
성격이나 생각은 물론 입맛까지도 다 다른 걸 알게 됩니다.
그렇다고 그 사람이 변한 게 아니에요.

내가 그 사람의 일부만 보고 나와 같다고,
나와 잘 맞다고 판단했을 뿐이에요.

그런데도 마치 상대가 새삼스레 행동하는 듯,
뭔가 큰 잘못이라도 저지른 듯
생각하기 때문에 갈등이 생깁니다.

모든 갈등은
관계 맺기에서
시 작 된 다

인생을 살다보면 수많은 사람과 만나고 헤어집니
다. 그럴 때 좋아하는 사람과 만나는 인연이면 문제
될 게 없습니다. 또 싫어하는 사람과 헤어지는 인연
일 때에도 아무 문제가 안 됩니다. 그런데 좋아하는
사람과 헤어지거나 싫어하는 사람과 만나는 인연이
되면 괴로워집니다.

부처님께서는 인생의 괴로움을 8만 4천 번뇌망상
이라고 했습니다. 그 말은 인간의 번뇌가 헤아릴 수
없이 많다는 뜻입니다. 그것을 줄여서 백팔번뇌百八煩

惱라고도 하고 더 줄여 팔고八苦라고도 하는데, 그 여덟 가지 괴로움 가운데 애별리고愛別離苦와 원증회고怨憎會苦가 있습니다.

애별리고란 사랑하는 사람과 헤어지는 고통이고, 원증회고란 미운 사람과 만나는 고통입니다. 사랑하는데도 헤어질 수밖에 없는 상황이 되면 괴로운 것이고, 미운 사람과는 함께해야 하는 상황이면 이 또한 괴로운 것입니다.

결혼을 했는데 상대가 마음에 안 든다고 금방 헤어질 수는 없어 참고 사는 것도 괴로움이고, 남편은 좋지만 미운 시어머니를 모시고 함께 살아야 하니 그것도 괴로움입니다. 월급도 많이 받고 여러 가지 면에서 괜찮은 직장인데 싫어하는 상사나 동료와 함께 매일 근무하는 것도 괴로움입니다. 싫으면 그만두면 되는데 결혼이든 직장이든 여러 가지 이유로 그만둘 수가 없기 때문에 괴로움이 일어나는 겁니다.

우리는 흔히 관계 때문에 괴로움이 생겼으니 그 관계를 끊어버리면 문제가 해결될 거라 생각합니다. 그래서 마음에 안 드는 사람이 있으면 안 보려고 하고, 결혼을 했다가도 쉽게 이혼하고, 가족 간에도 불화가 있으면 집을 뛰쳐나가기도 합니다. 하지만 그런다고 행복해지는 게 아니라 오히려 더 외롭고 괴롭습니다. 괴로움은 관계를 맺어도 생기고 그 관계를 끊어도 생깁니다. 행복하려고 맺은 관계가 괴로움을 일으키는 것은 관계의 문제가 아니라 관계가 잘못 맺어졌기 때문입니다.

많은 사람들이 제게 연애는 어떻게 해야 하는가, 결혼은 어떻게 해야 하는가, 자식은 어떻게 키워야 하는가, 부모는 어떻게 모셔야 하는가, 직장생활은 어떻게 해야 하는가를 묻습니다. 질문 하나하나가 다 다른 것 같지만 자세히 들여다보면 기본은 인간관계예요. 관계 맺음이 조건에 따라 조금씩 다르게 표현될 뿐이지, 작용하는 원리는 비슷합니다.

우리가 겪는 모든 관계의 갈등은 서로 다르다는 것에서 출발합니다. 성격, 종교, 지역, 습관 등이 달라서 실망하고 괴로움이 생기는 겁니다.

그런데 인간이 생긴 모양을 한번 보세요. 다르게 생겼을까요, 똑같이 생겼을까요? 같은 점도 있고 다른 점도 있습니다. 눈은 두 개, 코와 입은 각각 한 개씩인 것은 같지만, 생긴 모양을 자세히 살펴보면 모두 제각각입니다. 이처럼 사람의 생각도 마찬가지입니다. 저마다 다릅니다. 그런데 우리는 가까운 사람일수록 같은 생각을 하고 같은 마음이기를 바랍니다. 그러다보니 상대가 내 마음 같지 않다고 서운해하고, 자신의 뜻대로 해주지 않는다고 원망합니다.

예를 들어 콩을 100개 정도 손에 쥐고 자세히 들여다보면 크기와 빛깔, 모양이 조금씩 다 달라요. 얼핏 보면 다 같은 것 같지만 자세히 보면 각기 다릅니다. 그런데 그 콩을 팥과 비교하면 어때요? 팥과의 차이가 확연해서 같은 콩끼리 비교했을 때 보인 차이는 별로 중요하지 않게 됩니다. 자세히 들여다보면 크기와 모양, 빛깔이 다 다른데도 팥과 비교할 때는 같은 콩이라고 말합니다. 콩끼리 비교할 때는 서로 다른 콩이라고 말하고, 팥과 비교할 때는 같은 콩이라고 말하지요.

이처럼 사물에는 같은 점도 있고 다른 점도 있어 동시에 두 가지 성질이 함께 있어요. 다르다고 해도 같은 점이 있고, 같다고 해도 그중에 다른 점이 있습니다. 그런데 존재의 본질적 측면에서는 '같은 것도 아니고 다른 것도 아니다(不一不異)'라고 합니다. 우리가 어떤 사물을 보고 같다 다르다고 하는 것은 사물에 있는 것이 아니라 인식을 어떻게 하느냐에 달려 있기 때문입니다. 인식을 떠나버리면 존재는 다만 존재일 뿐입니다.

인간관계에서 서로 생각이 달라 어쩔 수 없이 갈등이 생길 때 이 문제를 해결하는 방법은 두 가지입니다.

첫째는 서로 다름을 인정하기입니다. 서로 다름을 인정하게 되면 "나는 이렇게 생각하는데 너는 그렇게 생각하는구나!" 이렇게 말할 수 있습니다. 이 말은 "내가 옳고 네가 틀리다"는 뜻도 아니고 "네가 옳고 내가 틀리다"는 뜻도 아닙니다. 그냥 "우리는 서로 다르다"는 걸 인정한다는 거예요.

서로 다름을 인정하게 되면 "나는 이런데, 너는 그렇구나!" 이렇게 말할 수 있습니다. 이렇게 나와 다른 상대를 인정하는 것을 존중한다고 합니다. 이때 존중이란 옳고 그름을 가르지 않고 있는 그대로 인정해주는 거예요.

둘째는 이해하기입니다. "저 사람 입장에서는 그럴 수도 있겠구나" 하고 이해하는 거예요. "아이 입장에서는 그럴 수 있겠구나" "남편 입장에서는 그럴 수 있겠구나" "아내 입장에서는 그럴 수 있겠구나" "일본 사람 입장에서는 그럴 수 있겠구나" "북한 사람 입장에서는 그럴 수 있겠구나!" 이것이 이해하기예요.

나와 다른 상대를 인정하고 이해하기, 이것이 모든 인간관계 맺음에서 가장 기본적인 태도입니다. 인간관계를 맺을 때 이 두 가지를 명심한다면 갈등의 대부분을 줄일 수 있습니다. ❦

좋은 사람
VS
나쁜 사람

✿ ✿ ✿ ✿

누구나 이왕이면 좋은 사람을 만나 좋은 인연을 맺고 싶어합니다. 그런데 어떤 사람이 좋은 사람일까요? 좋은 사람, 나쁜 사람은 어떻게 구분할까요? 한 대학생이 좋은 사람과 인간관계를 맺는 법에 대해 물었습니다.

"나이가 들면서 점점 다양한 사람들을 만나게 되는 것 같습니다. 앞으로 좋은 사람과 인연을 맺으려면 어떻게 해야 할까요?"

그래서 제가 되물었습니다.

"학생은 좋은 사람인가요?"

"저는 좋은 사람이라고 생각합니다."

"누구나 다 자기가 좋은 사람이라고 생각해요. 그러면 누가 정말 좋은 사람인지 다른 사람과 학생이 구분이 안 되는데, 이때는 어떻게 구분해야 할까요?"

"나쁜 것부터 구분해야 되지 않을까요?"

"어떤 게 나쁜 건데요? 예를 들어 어떤 사람이 30년 넘게 착실하게 성당을 다녔는데 어느 날 갑자기 불교나 개신교로 신앙을 바꿨다고 가정해봅시다. 이때 성당에 다니던 친구들은 어떻게 생각할까요?"

"나쁘게 생각하겠지요."

"그런데 개신교나 불교 신자들은 어떻게 생각할까요?"

"대단하다고 생각하지 않을까요?"

"이제야 정신을 바로 차렸다고 하겠죠. 그럼 이럴 때 이 사람을 좋다, 나쁘다고 어떻게 구별할 수 있을까요? 만약 질문자가 남자친구를 사귀다가 별로라고 생각하고 그만 만나기로 했다면 그 사람은 영원히 혼자 살까요? 아니면 다른 여자와 또 사귈까요?"

"다른 사람이랑 사귀겠죠."

"나와 헤어지면 다른 사람과 만나겠죠. 또 나와 사귀던 남자가 나를 별로라고 생각해서 헤어져도 나 또한 다른 남자를 만나겠죠. 이럴 때 어느 걸 나쁘고, 어느 걸 좋다고 할까요?"

"보는 사람에 따라 다르겠죠."

"그래요. 그럼 좋은 사람을 만나고 싶다고 했는데 어떻게 할래요?"

"제 관점으로 보면 될 것 같습니다."

"자기 관점으로 보는 게 부모 관점에서 보는 것과 같을까요, 다를까요?"

"다르겠죠. 그런데 제가 좋다고 생각하니까 일단 저는 좋을 것 같습니다."

결론은 내가 좋아하면 나에게는 좋은 사람이라는

거예요. 그런데 누군가 그를 나쁘다고 생각하면 그 사람에게는 나쁜 사람이 됩니다. 그러니 보는 사람의 카르마에 따라 좋게 보이기도 하고 나쁘게 보이기도 하는 것이지, 그 사람 자체가 절대적으로 좋거나 나쁜 건 아니에요.

그런데 사람마다 대상을 좋다, 나쁘다 인식하는 틀이 달라요. 기독교인과 불교인은 사물을 인식하는 틀이 다릅니다. 이를테면 안경의 색깔이 다르다고 할 수 있습니다. 또 한국 사람과 일본 사람도 인식하는 틀이 다릅니다. 한국 사람은 안중근을 어떻게 인식합니까? 독립운동가, 애국자로 인식하죠. 그런데 일본 사람의 눈으로 보면 테러리스트가 되는 것입니다.

또 남편이 열심히 돈을 벌어서 노후에 대비하려고 저축을 해놓았어요. 그런데 부인이 절에 열심히 다니다가 남편 몰래 1억을 보시했다고 가정해봅시다. 그러면 절에서는 그 사람을 훌륭하다고 하겠지요.

하지만 가족들은 뭐라고 할까요? 미쳤다고 하겠지요. 이렇게 똑같은 행동을 놓고도 어떤 입장에서, 어떻게 보느냐에 따라서 다른 반응이 나옵니다.

우리가 흔히 좋은 사람이라고 할 때의 기준은 대부분 나에게 얼마나 잘해주는지 여부예요. 그리고 나에게 잘해주는 사람은 크게 두 부류로 나누어볼 수 있습니다. 첫째, 물질적으로나 정신적으로 이익이 되는 사람이에요. 둘째, 내 생각에 따라주는 사람이에요. 반면, 내가 싫어하는 사람은 그 반대가 되겠지요.

결국 우리가 좋은 사람과 나쁜 사람을 구분하려는 것은 자기 인식상의 문제를 객관화하려는 의도에서 비롯된 거예요. 그래서 "너를 보니까 내 기분이 나쁘다"가 진실인데, 말은 "네가 나쁜 놈이다"라고 내뱉습니다. 내가 그렇게 느끼는 것일 뿐인데, 그 사람이 실제로 그렇다고 착각합니다.

내 마음에 딱 든다고 반드시 좋은 사람이라고 단

정할 수 없습니다. 내 기준에 따라 좋게 보이기도 하고 나쁘게 보이기도 하는 것이지, 그 사람 자체가 좋거나 나쁜 건 아니에요.

이 세상에는 내 마음에 드는 사람도 있고 안 드는 사람도 있고, 내가 좋아하는 사람도 있고 싫어하는 사람도 있습니다. 그런데 내 마음에 드는 사람만 사귀려면 천 명 중에 열 명도 못 사귑니다. 즉 자기의 취향에 집착하면 사람들의 가치를 제대로 알지도 못하고 알려고도 하지 않게 됩니다. 그러다보면 스스로 관계 범위를 좁히게 됩니다.

두루 사귀어봐야 이런 사람도 있고 저런 사람도 있다는 걸 알 수 있어요. 좋은 사람을 만나고 싶다면 먼저 자기 마음의 문을 열어야 합니다. 그러면 누구나 만날 수 있고 많이 만날 수 있어요. 사람을 폭넓게 사귈 수 있습니다. 🌷

세 상 에
다 갖춘 사람은
없   다

✦ ✖ ✦ ✖

　연애 경험이 한 번도 없는 사람을 '모태 솔로'라고 하지요. 그런데 그들이 무언가 부족해서 연애를 못 하는 게 아닙니다. 연애 경험이 적은 분들, 특히 모태 솔로라는 분들이 연애 상담을 할 때 공통적으로 하는 얘기가 있습니다.

　"저는 얼굴도 보통은 되는 것 같고, 성격이 나쁜 것도 아니고, 직업도 이만하면 괜찮은 것 같은데 뭐가 부족해서 연애를 못할까요? 뭐가 부족해서 결혼을 못했을까요?"

첫째, 눈이 너무 높을 수 있습니다. 눈이 너무 높으면 접근할 때 심리적으로 부담이 돼요. 만만해야 접근하기가 쉬운데, 너무 높으면 퇴짜 맞을 수도 있겠다는 생각이 듭니다. 나보다 좋은 조건에 있는 사람을 만나려 하기 때문에 찾기도 어렵고 찾아도 접근할 때 두려울 수 있어요. 가령 지위가 높은 사람이나 돈이 많은 사람, 유명한 사람이 다가오면 약간 긴장이 되잖아요. 왜냐하면 친해지고 싶은데 접근이 만만한 사람이 아니니까 혹시 잘못될까봐 더 긴장되는 것입니다.

그런데 또 이런 분들이 흔히 하는 이야기가 "주위에 괜찮은 사람이 없고, 괜찮은 사람은 이미 다른 사람이 점을 찍어버렸다"는 겁니다. 남이 점찍은 사람이 좋게 보인다는 것은 눈이 높다는 증거예요. 직장을 예로 들어봅시다. 대기업에 들어가거나 변호사, 의사가 되는 것은 그 직업이 좋다고 생각되니까 사람들이 많이 몰리는 겁니다. 그것도 실력 있는 쟁쟁한 사람들이 다수 몰리잖아요. 내가 직장을 구하기 어려운 것은 너무 조건이 좋은 회사를 선정하고 접근하기 때문이에요. 마찬가지로 '저 정도는 되는 사람이라야 하지 않겠나' 하고 내가 보기에는 평범하게 접근한 것 같지만, 객관적으로 볼 때는 눈을 너무 높이 두었을 가능성이 있습니다.

둘째, 어렸을 때 부모님의 사이가 좋지 않기 때문에 일어나는 현상일 수 있습니다. 부부간의 갈등이 심해서 엄마가 아이를 안고 "아이고, 내가 네 아버지 때문에 못 살겠다"라면서 결혼을 후회하는 경우가 있지요. 넋두리를 알아듣든지, 못 알아듣든지 아이가 있는 데서 불평을 하게 된단 말이에요. 그러면 아이의 마음에는 아버지에 대한 부정적인 의식이 심어집니다. 나중에 커서 연애를 하다가도 막상 결혼 이야기가 나오면 무언지 모르게 마음에서는 자꾸 두려움이 생깁니다. 그래서 결정적인 순간에 심리적으로 도망치게 돼요. 마음에서부터 자꾸 부담이 일어나는 것은 어릴 때 경험한 어떤 무의식과 관계가 있는 겁니다.

셋째, 어릴 때 성인 남자로부터 성추행 같은 안 좋은 경험을 한 것이 원인이 될 수 있어요. 커서 잊어버렸다고 하더라도, 그런 부정적인 경험이 남자에 대해서 약간의 두려움과 거부반응을 가져올 가능성이 있습니다.

마지막으로, 주변 친구들이 남자친구를 사귀다가 헤어지고 원수도 되는 것을 보면서 '아, 남자를 함부로 사귀어서는 안 되겠구나' 하는 생각이 심어졌을 수도 있습니다.

그런데 사람을 사귀다보면 처음에는 괜찮다 싶은데 시간이 지나면 '아, 이거 아니네?' 하는 생각을 할 수 있습니다. 그렇기 때문에 사귀다 헤어지는 것이 꼭 나쁜 것은 아니에요.

이런 원인들을 두루 살펴보면서 자기가 사람을 만나지 못하는 이유를 먼저 점검해야 합니다. 왜 연애를 못하는지 그 이유를 알아야 그에 맞게 문제를 해결할 수도 있고 마음의 문을 열 수도 있으니까요.

보통 이성을 사귄다든지 결혼 상대자를 찾을 때는 사람을 너무 고르게 됩니다. 아무하고나 사귈 수도 없고 아무하고나 결혼할 수도 없으니까 자꾸 고르는 거죠. 이해가 됩니다만 그렇게 나이, 학벌, 재산 등을 너무 따지면 눈에 들어오는 적임자가 별로 없어요. 그래서 결혼하기가 힘든 겁니다.

옛날 5일 장터에 가면 뱀을 가지고 놀며 약을 파는 사람들이 있었습니다. 그들이 약을 팔 때 흔히 하는 말이 있어요.

"이것만 먹으면 만 가지 병이 다 나아요."

이렇게 떠들썩하게 선전하면 사람들이 우르르 몰려들곤 했지요. 그러나 한 번 먹고 다 낫는 그런 만병통치약은 이 세상에 없습니다. 그런데도 우리는 욕심에 눈이 어두워지고 귀가 멀어서 만병통치약이 있다고 하면 혹해요.

사람도 마찬가지예요. 세상에 모든 걸 다 갖춘 사람은 없습니다. 마치 칼이 아주 날카로우면 부엌에서 일할 때 좋지만 잘못하면 손을 베일 위험이 있고 잘못 쓰면 흉기가 됩니다. 반면에 솜은 부드러워서 좋지만 강함이 없어요. 이처럼 항상 사물에는 양면성이 있습니다.

그런데도 사람이 똑똑하기도 하고, 부드럽기도 하고, 착하기도 하고, 리더십도 있기를 바라지요. 하지만 그건 불가능한 일이에요. 그런데도 우리는 남편이나 아내가 그러길 바랍니다. 다재다능하길 원해요.

"옆집 남편은 집안일도 잘 돕던데 당신은 그것밖에 못해?"

"옆집 아내는 살림도 잘하던데 당신은 왜 이 모양이야!"

이렇게 타박하잖아요. 부드러워서 좋다고 솜을 선택해놓고는 "왜 너는 대찬 데라곤 없니?" 하고 따지고, 날카로워서 좋다고 칼을 선택해놓고는 "왜 너는 부드럽지 않니?" 하고 따지는 격이에요.

세상에 완벽한 사람은 없습니다. 따라서 상대가 내 마음에 쏙 들지 않는다고 아쉬워할 게 아니라, '아, 다 갖춘 사람은 없구나. 세상은 공평하구나!' 이렇게 생각할 줄 알아야 합니다.

산에 어디를 둘러봐도 베어다가 바로 기둥으로 쓰기에 좋은 나무는 없습니다. 아무리 튼튼하고 색깔이 좋아도 손질하고 다듬어야 사용할 수 있어요. 그러니 잘 맞추어 같이 지내볼 생각을 하면 누구와도 인연을 맺을 수 있지만, 한눈에 딱 맞는 사람을 찾으면 천하를 둘러봐도 찾기가 어렵습니다.

또 사람은 만나봐야 알 수 있고 살아봐야 더 잘 알 수 있습니다. 예를 들어 어떤 여자가 한 남자를 결단력이 있어서 좋아했는데, 같이 살아보니 완전히 황소고집에 배려심은 전혀 없고 자기 마음대로만 하려고 해요. 반대로 또다른 남자는 다정다감하고 친구

같이 편해서 결혼을 했는데 우유부단합니다. 처음 사귈 때에는 좋아 보였던 모습들이 시간이 조금 지나면 단점으로 부각되어 갈등하다가 헤어지기도 하지요.

사람을 잘 사귀지 못할 때는 가볍게 시작하는 것이 좋아요. 처음에는 그냥 아는 사람으로 사귀는 거예요. 이렇게 편하게 만나는 사람이 열 명이 되고, 스무 명이 되고, 백 명이 되면 그 가운데에 연애 감정이 생기는 사람이 있을 수가 있습니다.

조건을 따지지 않고 폭넓게 사람을 만나보면 그중에 나이가 좀 많긴 하지만 괜찮은 사람이 있을 수 있고, 나보다 나이가 어려도 괜찮은 사람도 있을 수 있어요. 이혼 경력이 있는 사람 중에도 괜찮은 사람이 있을 수 있고요.

그런데 처음부터 '이 사람과 꼭 결혼해야지' 하는 목적의식을 갖고 이혼한 사람 빼고, 나이 많은 사람

빼고, 나이 적은 사람 빼버리면 몇 명 남지 않게 돼요. 거기다 서로 호감이 생겨야 하니 맞는 사람이 없어요. 그러니 처음부터 너무 예쁜 여자, 너무 멋있는 남자를 골라서 연애하려고 하지 마세요.

'여자(남자)면 아무나 좋다. 한 다섯 명쯤은 연습으로 만나보고 여섯번째쯤 가서 진짜 연애를 해봐야겠다.'

이런 마음을 가지고 편안하게 사람을 사귀는 게 좋아요. 또 결혼했다가 헤어지는 것보다는 연애하다가 헤어지는 것이 훨씬 낫습니다. 결혼했더라도 아이를 낳기 전에 헤어지는 것은 아이를 낳은 후에 헤어지는 것보다 나아요.

사람을 사귀다 헤어지는 게 반드시 나쁜 건 아니에요. 그리고 어떤 사람을 처음 만나 그 사람과 결혼하면, 요즘같이 좋은 세상에 죽을 때까지 한 사람밖에 못 만나보잖아요. 결혼하기 전에 여러 사람을 만나보는 것이 오히려 나와 상대 모두에게 이로울 수 있습니다. 그렇다고 동시에 이 사람을 사귀다가 저 사람을 사귀다 하면 바람기가 있다고 욕먹어요. 그런데 상대가 알아서 떠난다면 나는 전혀 욕먹지 않고 동정받으면서 새로운 사람을 만날 수가 있습니다.

따라서 서로 좋아서 결혼까지 가면 그건 그것대로 좋지만, 상대방이 떠나버렸다고 상처받을 필요 없어요. 더 좋은 사람을 만날 기회가 생긴 것이니까요.

그러니 상대가 떠날까봐 겁낼 것도 없습니다. 본인이 싫어져서 헤어져도 문제가 안 됩니다. 오늘날 이혼하는 부부가 부지기수인데, 처녀총각일 때는 만나다가 헤어진다고 흠이 되지 않아요.

이렇게 서너 번 사람을 사귀어보면 사람의 심리를 이해하게 됩니다. 내가 너무 좋아해도 상대방이 부담스러워할 수 있고, 너무 튕겨도 상대가 떨어져나갈 수 있어요. 이것은 계획을 세운다고 되는 것이 아니라 경험을 통해서 터득해야 합니다. 이것을 학습효과라고 하는데, 실패를 몇 번 해봐야 감을 잡을 수 있어요.

　그러다보면 자연스레 사람을 사귀게 되고, 사람을 대하는 연습을 많이 했기 때문에 결혼해서도 큰 갈등 없이 살 수 있습니다. 🌷

행복한
결혼의
조   건

＊　✖　⁂　✖

　요즘은 결혼하려면 돈이 많이 들고 준비할 것도 많다고 합니다. 그래서 결혼 상대를 고를 때도 돈이 많은지, 집이 있는지, 어느 직장에 다니는지를 많이 따진다고 해요. 그런데 그것이 행복한 결혼생활을 위한 준비 조건으로 충분한 걸까요?

　젊은 남자분이 제게 행복한 결혼의 조건에 대해 물었습니다.

　"예전부터 막연하게나마 서로 가치관이 맞고 지향하는 바가 같으면 결혼해서 행복하게 잘살 수 있지 않을까 생각했습니다. 그런데 정작 결혼 적령기가 되니까 주위에서 '남자라면 모아둔 돈이 어느 정도는 있어야 한다' '집은 최소한 수도권 전세는 얻을 수 있어야 한다'며 물질적인 조언을 해주었습니다. 저도 나이가 있다보니 현실적인 조건도 부정할 수는 없었습니다. 제가 어떤 가치관을 가져야 결혼해서 잘살 수 있을까요?"

결혼의 조건은 크게 두 가지라고 할 수 있습니다. 첫째, 육체적으로 스무 살이 넘은 성인이 되었느냐입니다. 둘째, 정신적으로 부모로부터 독립된 존재가 될 수 있느냐, 그리고 배우자에게 맞추어 자기 권리의 절반을 포기할 각오가 되어 있느냐예요. 즉 상대에게 맞출 준비가 되어 있느냐입니다. 예를 들어 나는 바다로 가고 싶은데 배우자가 산으로 가자고 할 때 바다로 가겠다고 고집하는 게 아니라 상대에게 맞춰서 산으로 갈 수 있는가를 말합니다.

체질도 다르고 생각도 다르고 살아온 방식도 다른

두 사람이 한 집에서 행복하게 살려면 자기 권리의 절반을 포기할 자세가 되어 있어야 합니다. 그렇지 않으면 아무리 성대한 결혼식을 올리고 아무리 넓은 집에서 신혼생활을 시작해도 오래가기가 힘듭니다. 자기 권리를 움켜쥔 채 '저 사람은 성격이 좋으니까 나에게 잘해줄 거야' '연애할 때처럼 나에게 무조건 맞춰주겠지' 하는 생각으로 결혼하면 살면서 계속 부딪칠 수밖에 없습니다.

살다보면 갈등은 아주 사소한 데서 시작됩니다. 예를 들어 아내는 옷을 벗으면 옷장에 잘 정리해서 넣는 스타일이고, 남편은 옷을 벗으면 휙 던져놓는 스타일일 때 충돌이 일어납니다. 음식을 먹을 때도 남편이 "간이 싱겁네" 하는데, 아내가 "간이 딱 맞는데 왜 그래?" 하면 여기서부터 충돌이 일어나요. 방 안 온도 조절도 남편은 "덥다" 하는데, 아내는 "춥다" 하고, 에어컨도 남편은 "켜라" 하고, 아내는 "끄라" 해서 갈등이 생깁니다. 저녁에 잘 때도 아내는 "꼭 샤워를 해야 한다"고 하고, 남편은 "왜 매일 씻어야 하느냐?"고 맞서니 서로 싸우게 되는 거예요.

이런 사소한 것들이 충돌해서 결혼생활이 어려운 것이지, 다른 것은 크게 문제될 게 없습니다. 아파트가 몇 평이냐, 자동차가 있느냐 하는 것은 부차적인 거예요.

그런데 오늘날 우리 사회에서 이루어지고 있는 결혼은 상대에게 맞춰주려는 마음은 없이 부차적인 것들만 따지기 때문에 혼수 준비를 아무리 많이 했다고 자랑해도 실제 결혼생활은 대부분 실패합니다. 심지어는 혼수를 준비하다가 깨지기도 하고, 신혼여행 중에 싸워서 다녀오자마자 이혼하는 경우도 있잖아요.

오늘날 결혼제도는 인류의 문명발달 과정에서 서로에게 이익이 되기 때문에 자연스럽게 생겨난 겁니다. 일반적으로 문명발달은 효율성을 따라가게 되어 있어요. 예를 들어 내가 혼자 사는 방이 있고 결혼할 사람이 혼자 사는 방이 있는데, 한쪽으로 합치면한 집의 방세가 절약됩니다. 밥상도 두 개 따로 사용하다가 하나만 쓰면 하나가 절약되잖아요. 그래서 바로 서로에게 이익이 돼요. 청소도 각자의 방을 매일닦아야 하는데 둘이 번갈아가면서 하면 하루는 놀아도 됩니다. 이렇게 역할 분담이 이루어지면 서로의생활에 이익이 돌아와요.

함께 살면서 서로에게 이익을 준다는 것은 상대가원하는 것을 해준다는 의미예요. 가령 아내는 남편이 돈 많이 벌어다주느라 집을 자주 비우는 것보다가끔 남편하고 차 한 잔 마시며 얘기 나누는 시간을갖는 걸 더 원하면 남편도 그걸 중요시해야 합니다.
"돈 벌어다주는데 불평이 왜 그렇게 많아?"
이렇게 말하면 안 됩니다.
결혼하면 아내 또는 남편이라는 이름이 생기듯이

그 이름에 맞는 역할도 생겨납니다. 그래서 아내의 필요에 따라 잘 쓰이는 게 남편이고, 남편의 필요에 따라 잘 쓰이는 게 아내예요. 너무 잘하려고 애쓸 건 아니지만, 적어도 상대가 뭘 원하느냐에 따라서 내가 할 수 있는 데까지 최선을 다하는 게 좋은 남편, 좋은 아내가 되는 길입니다.

가끔 만나는 사람이나 애인은 예쁘고 멋진 사람이 좋겠지요. 하지만 오랫동안 함께 살려면 서로에게 맞춰줄 수 있고 이익을 줄 수 있는 사람이어야 합니다. 결혼이란 공동체생활이기 때문에 상대를 위해 음식도 맛있게 할 줄 알아야 하고, 청소도 나누어 할 수 있어야 합니다.

그러니 좋은 결혼의 조건은 결혼할 사람과 마음을 맞춰서 살 준비가 되어 있느냐에 있어요. 그것이 결혼생활을 행복하게 유지하는 가장 중요한 조건입니다. ❧

남보기
좋은
인생말고

�֍ ✖ ♣ ✖

요즘 취직하기 어려워서 청년들이 많은 것을 포기하는 시대입니다. 만약 취직을 했다면 본인도 기쁘지만 주위의 축하도 많이 받겠지요. 그런데 입사한 지 4개월이 되었다는 어느 직장인은 회사생활이 너무 괴로운데 대기업이라 그만두지도 못하고 있다며 하소연했습니다.

"아침에 회사에 가려고 하면 너무 괴로워서 눈물이 날 정도입니다. 일을 하다가도 눈물이 나고, 집에 돌아올 때면 제 자신이 처량하기도 하고 가슴도 답답합니다. 그래서 회사를 그만두고 싶은데, 주위에서는 요즘처럼 취업이 안 되는 시기에 그런 대기업에 다시 들어가기도 힘들고, 또 여자로서 오래할 수 있는 직업이니까 버텨보라고 합니다. 하지만 저는 하루하루가 너무 괴롭고 어떻게 해야 할지 모르겠습니다."

어떤 사람이 담배를 안 피우는 친구에게 "이 담배 좋으니까 한 대 피워봐"라고 말합니다. 그 친구가 피워보니 목구멍이 따갑고 눈물이 납니다. 그래서 안 피우려고 했는데 옆에서 자꾸 좋은 담배라면서 부추기니 또 피웁니다. 눈물을 찔끔찔끔 흘리고 기침도 콜록콜록 해가면서 피워요. 나에게 안 맞으니 안 피우면 되는데, 주변에서 좋은 담배라고 권하니까 포기하기에는 아까운 거예요. 그래서 목이 따가워 '괴롭다, 괴롭다' 하면서도 계속 피웁니다. 참 어리석은 사람이지요.

지금 다른 사람들이 좋은 직장에 취직했다고 부러워하며 그만두는 것을 말릴 때 흔들리는 것도 이와 같습니다. '평안감사도 저 하기 싫으면 그만'이라는 말이 있습니다. 다른 사람이 아무리 좋은 직장이라고 말해도 내가 싫으면 그건 좋은 직장이 아니에요. 정 괴로우면 그만두면 됩니다. 내 인생인데 왜 남의 눈치를 보며 살아요? 회사에 가서 "안녕히 계세요" 하고 그만두면 됩니다.

그런데 그만두지도 못하겠거든 '왜 미련이 남을까?'를 생각해볼 필요가 있습니다. 만약 돈 때문이라면 가사도우미라도 해서 벌면 되지요. 그 일이 힘들면 청소부는 어때요? 그것도 힘들면 또다른 일거리를 생각해보는 거예요.

이렇게 하나하나 점검해보고 '그래도 지금 다니는 이곳이 낫겠다'는 생각이 들면 그냥 다니면 됩니다. 월급도 많고 안정된 직장인데 그 정도 고생도 안 하고 어떻게 다니겠어요? 그러나 '아무리 좋은 대우를 해준다고 해도 나는 싫다'는 생각이 들면 미련을 가질 필요가 없습니다.

그런데 이 질문을 하면서 운다는 것은 그만두려니 아깝고 다니기는 힘들다는 의미예요. 그 뿌리는 욕심입니다. 그것을 내려놓아야 합니다.

"안녕히 계십시오" 하고 회사를 그만두든지, 그렇게 못할 처지거든 지금 하는 일을 더 힘든 일과 비교해보세요.

'막노동을 하면 일도 힘들고 일당 5만 원밖에 안 주는데 우리 회사는 일당 10만 원꼴로 월급을 받는다.'

이렇게 생각하고 기쁜 마음으로 다니면 됩니다.

남들이 부러워할 만한 직장에 들어갔는데, 왜 이렇게 힘들어하는 걸까요? 자기가 가진 능력은 적은데 과대평가를 받았기 때문입니다. 자신이 과소평가를 받으면 좀 섭섭하고 말지만, 과대평가를 받으면 처음에는 인정받는 것 같아 기분이 좋지만 조금 지나면 엄청난 스트레스가 쌓입니다. 과대평가된 자신의 모습에 맞추려면 자기 능력보다 훨씬 힘들게 일해야 하니까요.

직장에서 과대평가를 받으면 사람들의 기대를 충족시키기 위해서 항상 노심초사하게 됩니다. 능력이 탄로날까봐 전전긍긍하면서 늘 마음이 초조하고 불안할 수밖에 없어요. 심하면 그로 인해 정신질환을 앓는 경우도 있습니다.

따라서 인생을 살 때 자신의 능력이 100이라면 바깥에 알릴 때는 아무리 많아도 80쯤만 알리는 게 좋습니다. 이것이 인생을 편안하게 사는 길이에요.

만약에 내 능력이 100인데 바깥에 50으로 알려져 있으면 나를 욕하는 사람이 별로 없습니다. 처음에는 별 기대를 하지 않다가 같이 일하면서 생각했던 것보다 훨씬 능력이 있어 보이고 사람도 괜찮아 보입니다. 그러면 주위 사람으로부터 인정도 받게 되지요.

반면에 내가 가진 능력이 100인데 120이나 150으로 알려져 있다면 어떨까요? 막상 같이 일을 해보면 기대에 못 미치니까 능력 부족으로 평가됩니다. 그러다 보면 윗사람이 실망하게 되고, 결국 한직으로 돌거나 회사를 그만두게 돼요. 따라서 자신의 능력을 과대포장하지 않는 게 현명합니다.

그럼 어떻게 해야 능력 평가 때문에 스트레스를 받지 않을 수 있을까요? 첫째는 너무 잘하려고 애쓰지 말고 너무 잘 보이려고 하지 말고 그냥 내 능력껏 하는 게 좋습니다. 내가 가진 능력보다 잘하려고 하니 긴장되고 힘이 드는 거예요. 둘째는 결과를 있는 그대로 받아들이는 겁니다. 일을 하는 것은 내 몫이지만 결과는 평가하는 사람의 몫이니까요. 옛말에 '일은 사람이 하고 뜻은 하늘이 이룬다'는 말이 있습니다. '최선을 다하되 결과에 연연하지 않는다'는 뜻이지요.

하지만 이렇게 생각을 하더라도 칭찬받기 좋아하
는 내 업식은 쉽게 바뀌지 않습니다. 잘하려고 기대
하면 실망하는 마음도 커지니까 잘하려는 마음을
내려놓고 가볍게 도전하다보면 어느새 실력이 늘게
됩니다. 🌱

중도의 길을
알려주는
직장 상사

✦ ✖ ♣ ✖

하루 24시간 중 많은 시간을 함께 보내는 회사에서 동료끼리 서로를 이해하고 맞출 수 있다면 직장생활이 얼마나 즐겁겠습니까. 그러나 현실에서는 직장인들이 가장 힘들어하는 게 업무처리가 아니라 인간관계라고 합니다.

병원에서 간호사로 근무하는데 도무지 상사의 요구에 맞출 수가 없어 힘들다는 분이 있었습니다.

"상사가 업무를 나눠줄 때 다른 간호사들에게는 환자를 네 명 배당하면서 저에게는 다섯 명을 주고요, 제가 컴퓨터 작업을 하느라 앉아 있으면 '일어나서 빨리 움직여!' 하고 다그칩니다. 그래서 또 빨리 움직여 일을 하면 '당신은 너무 빨리 움직여서 사람을 불안하게 만들어. 조금 침착해' 하면서 말을 바꿉니다. 적응을 하려고 나름대로 노력을 하는데 굉장히 힘이 듭니다."

직장에서 갈등이 있을 때 해결하는 방법은 두 가지예요. 첫째, 그런 상사와 같이 있지 않으면 됩니다. 사표를 내고 직장을 옮기는 거예요. 둘째, 그럴 수 없다면 받아들여야죠.

농사에 비유하면, 종자는 괜찮은데 밭이 문제라고 생각하는 거잖아요. 그러면 밭을 갈아엎든가, 아니면 다른 밭으로 옮겨야 하는데, 그럴 형편이 못 되거나 밭에 아쉬움이 남아 있으면 내가 적응하는 수밖에 없어요.

물론 쉽지는 않겠죠. 그러나 먹고살려면 그 정도는 감수해야지요. 반대로 산에 나무를 하러 갔는데 산이 너무 높아서 못 가겠다, 톱이 안 들어서 못 베겠다, 나무가 너무 굵어서 못 베겠다고 하면 그냥 내려가야지 어쩌겠어요.

만약 회사를 그만두지 않고 있는 곳에서 행복해지는 방법을 찾고 싶다면 관점을 바꿔야 합니다. 상사가 나에게만 일을 많이 준다고 했는데, 다른 간호사가 환자 네 명을 돌볼 때 나는 다섯 명을 보살핀다면 더 좋은 일이지요. 복 짓는 일 아닙니까. 어차피 회사에 출근해서 일하는데 네 명만 돌보고 노는 것보다 다섯 명 돌보는 게 낫지요.

그리고 앉아서 컴퓨터로 입력 작업을 하고 있는데 "당신 지금 뭐 하고 있어" 하면 "네, 지금 입력하고 있어요"라고 대답하면 되고, "당신이 너무 빨리 움직여서 불안해" 하면 조금 천천히 움직이면 되지요. "너무 빠르다" 하면 일하는 속도를 조금 줄이고, "너무 늦다" 하면 조금 빨리 해보고, 이렇게 저렇게 하다보면 어느 정도로 해야 그 사람이 원하는 속도에 맞는지 알게 돼요. 이게 중요합니다.

아픈 사람을 돌보며 복을 짓고 월급도 받는다고 생각하면 감사한 일이잖아요. 상사가 '너무 빨리 움직여서 불안하다'고 야단칠 때는 '저 사람이 지금 나에게 중도中道를 깨우쳐주는구나' 하고 생각해보세요. 중도라는 것은 상대가 적당하다고 하는 것에 내가 맞추는 거예요. 그렇게 한다고 내가 줏대가 없거나 게으른 게 절대 아니에요. 주어진 조건에서 최선을 다하는 것이지요.

간호사의 임무는 환자를 돌보는 거잖아요. 간호사는 환자만 정성껏 돌보면 되고, 교사는 학생만 착실하게 가르치면 된다고 하지만 현실은 그렇지 않습니다. 어느 조직이나 관리자가 있기 때문에 사회생활을 순조롭게 하려면 그 사람 눈 밖에 나지 않는 것도 중요해요. 그런 시스템이 존재하는 한 일을 잘하는 것은 물론 윗사람 성격에도 맞출 수 있어야 합니다.

그렇다고 눈치를 보라거나 아첨을 하라는 얘기가 아니에요. 다만 상사도 내가 배려해야 될 대상이라는 겁니다. 간호사라면 상사가 환자를 치료하지 말라든지 엉뚱한 주사약을 놓으라는 식으로 부당한 요구를 할 때는 단호하게 거부하는 게 맞아요. 그런 게 아니라면 함께 일하는 사람으로서 맞춰야 하는 부분이에요.

이렇게 까다로운 상사 한 명에게 맞출 수 있으면 직장을 옮겨도 아무 문제가 없습니다.

누구에게나 맞출 수 있도록 훈련을 받는다고 생각해보세요. 만약에 내 능력으로는 도저히 못 맞추겠다 싶으면 사표를 내고 다른 직장에 가면 돼요. 다만 법적으로 부당한 대우를 받았다면 사표를 내고 나가면 안 됩니다. 시민으로서 또는 노동자로서 권리가 있기 때문에 법적으로 문제가 있는 부분에 대해서는 마땅히 자기 권리를 행사해야 합니다. ❦

대부분의 관계는
이 기 심 에 서
시 작 된 다

✦ ✳ ✖ ✤ ✖

　사람은 대부분 이기적이에요. 그래서 누구나 자기에게 이익이 되는 방향으로 관계를 맺으려고 합니다. 우리는 누군가와 특별한 관계를 맺고 유지하려고 할 때 의도적이든 그렇지 않든, 이기심이 작용합니다.

　결혼 상대자를 고를 때도 경제적인 조건이나 학벌, 신체조건, 성격 등을 두루 고려해서 자기에게 이익이 되는 사람을 선택해요. 부모자식 간에도 정도의 차이는 있겠지만 이기심이 작용합니다. 자식이 부모를 좋아하는 것도 단지 낳아주고 길러주어서일 뿐만

194

아니라 부모만큼 자식에게 이익을 주는 사람이 없기 때문이에요.

이렇듯 인간관계에는 이기심이 숨어 있게 마련이라 한두 번 만날 때는 별문제가 없는 것 같다가도 시간이 흐르면 서서히 갈등이 생겨나게 됩니다. 연애할 때는 미래에 상대방의 덕을 볼 수도 있을 거라 기대하면서 당장은 좀 손해를 보아도 감수하지요. 장기적으로 투자를 하는 셈이에요.

그렇게 연애하다 결혼까지 해서 6개월 정도 지나면 서서히 본심이 드러나기 시작합니다. 별 이득을 못 보는 것 같고, 더 나아가서는 이익은커녕 손해보고 있다는 생각이 들면 혼자 사는 것보다도 못하다고 느끼지요.

이기심을 갖고 누군가를 만나는 것 자체가 나쁘다는 게 아니에요. 다만 다른 사람들도 다 그렇게 이기심을 갖고 인간관계를 맺는다는 사실을 알아야 한다는 뜻입니다. 내가 이익을 따져서 사람을 만나듯이 다른 사람들도 다 이해관계를 따져보고 사람을 만난다는 걸 이해하면 이기적인 사람을 나쁜 사람이라고 말할 수 없으므로 사람 사이의 갈등이 대부분 줄어들게 됩니다.

예를 들면 내가 3을 주고 7을 받을 생각이었으면 상대방도 마찬가지예요. 그러면 서로 3밖에 받지를 못하니 서로 실망하겠지요. 상대에게 불만스럽고 실망스러운 건 7을 기대했던 내 마음 때문이지, 상대방의 잘못이 아니에요.

한 대학생이 자기가 필요할 때만 잘해주는 것 같아 얄미운 사람이 있는데 앞으로 어떻게 지내야 할지 고민이라며 이렇게 물었습니다.

"저희 학과에 공부를 제일 잘하는 언니가 있어요. 그 언니가 욕심이 많아요. 혼자 다니고 싶지 않으니까 계산을 해서 자기 마음대로 좌지우지할 수 있는 사람만 챙겨요. 예를 들면 수업을 들을 때 저와 같은 줄에 앉는데 옆에 있는 사람에게만 과자를 줘요. 저는 과자를 안 좋아하지만 그럴 때는 기분이 나쁘더라고요. 그런데 자기가 필요한 게 있을 때만 제게 잘해주는 것 같아 기분이 안 좋습니다."

이 학생이 지금 학과 언니를 보는 것과 같은 시각으로 결혼하면 100퍼센트 실패합니다. 그런 시각으로 남편을 보면 얄미워서 꼴도 보기 싫을 거예요. 왜 그럴까요? 가령 내가 밥할 때 남편이 거들어주지도 않고, 먹을 때는 차려놓은 거 다 먹고, 설거지할 때는 싹 빠지고, 설거지 좀 하라고 하면 바쁜 일 있다고 핑계를 대요. 그래서 바쁜가 싶어서 가보면 컴퓨터나 TV를 보고 있어요. 이렇게 지내다보면 남편이 얄미워서 같이 못 살아요.

지금 언니를 얄미워하는 것과 같은 마음을 그대로 가지고 있으면 앞으로 가까이 있는 사람을 항상 부정적인 시각으로 보게 됩니다. 예를 들어 회사에 취직하면 상사가 얄밉고, 회사 동료가 얄미워서 직장을 오래 다니기가 힘들어요.

또한 지금의 성질 가지고는 남자를 만나도 문제가
돼요. 가령 내가 남자친구에게 편지를 두 번 썼는데
답장을 한 번밖에 못 받고, 내가 전화를 세 번 했는
데 상대는 한 번밖에 하지 않았다는 이유로 싸울 수
있기 때문이에요.

사람은 모두 이기적입니다. 보통 사람은 내가 필요
해서 상대에게 전화하지요. 저도 전화해서 "뭐 필요
하나?" 이렇게 묻는 경우는 백 번에 한 번도 없습니
다. 보통은 도움이 필요할 때 전화합니다. 또 제게 걸
려오는 전화를 받아보면 거의 다 뭔가 요구하는 전
화예요.

'이 인간 봐라. 자기 필요할 때만 전화하네.'

이렇게 생각하기 쉽지만, 사실은 대부분의 사람이
다 그렇습니다. 정치인들이 평소에 굽실굽실하나요?
아니에요. 표 얻을 때만 그러잖아요. 이럴 때 그 후보
들이 얄미워서 어떻게 봐주겠어요.

같은 학과 언니가 과자를 나눠줄 때 옆에 친구만 주고 나는 안 주는 것은 과자 가진 사람의 마음이고, 그 사람이 알아서 할 일이에요. 나에게 주든 안 주든 그게 무슨 상관이에요?

'주면 고맙고 안 주면 그만이다.'

이렇게 생각해야 합니다.

그리고 학과 언니가 모르는 게 있어 묻는 것은 너무 당연한 겁니다. 사람들이 무언가 궁금하면 제게 묻고, 저도 필요하면 다른 곳에 묻곤 합니다. 그렇듯 이 세상은 서로 도움을 주고받으면서 사는 거예요.

그런데 '나는 3을 줬는데 왜 너는 2밖에 안 주나' 이렇게 너무 계산을 하면 피곤해서 살기 힘듭니다. 부모가 자식에게는 100을 줬는데, 자식은 부모에게 10도 안 줍니다. 그러면 부모가 자식 괘씸해서 어떻게 살겠어요? 그런데 그 부모 또한 자기 부모에게서 100을 받았어요.

결국 다 계산하면 인생에서 도움을 주고 도움을

받은 총량은 비슷비슷합니다. 전체를 놓고 보면 이렇게 도움을 주지 않는 언니가 있는가 하면, 내가 조금 주고 많이 받는 경우도 있습니다.

앞으로는 상대가 과자를 주면 "고맙습니다" 하고 먹고, 안 주면 또 '그만이다'라고 생각해보세요. 자기 것을 갖고 자기 맘대로 쓰는데 왜 그걸로 시비하나요?

앞으로 남자를 사귈 때도 마찬가지입니다. 내가 좋아했는데 상대가 날 안 좋아한다고 미워하면 안 돼요. 왜냐하면 좋아하는 건 내 마음이고, 상대가 나를 좋아하든 안 좋아하든 그것은 상대의 마음이기 때문이에요.

또 나를 좋아하다가 나중에 딴 여자를 좋아해도 미워할 필요가 없습니다. 상대의 마음이 그렇게 가는 걸 어떡해요. 그럴 때 미워하지 말고 '그래, 지난 2년 동안 너 때문에 행복하게 잘 지냈다. 고맙다' 이렇게 생각해야 해요. 그러면 배신이니 어쩌니 하면서 괴로워하지 않을 수 있습니다.

인간의 심성에는 이타심도 있고 이기심도 있습니다. 위기에 처하면 이타성이 발휘되기도 하지만, 사람이 늘 이타적일 수는 없어요. 이타심은 저 무의식 아래에 있고, 이기심은 그보다 위에 있습니다. 그래서 이기심이 더 쉽게, 더 자주 드러나는 거예요.

인간은 누구나 이기적인 면이 있다는 사실을 인정하면 그때부터는 이기심을 가진 상대에게 과연 내가 어느 정도까지 맞출 것인가, 하는 내 문제로 바뀝니다.

이기심을 버려야만 세상에 평화가 오는 게 아니에요. 내가 이기적이듯이 상대도 이기적일 수 있다는 것을 이해하면 갈등이 크게 줄어듭니다.

남이 어떻다고 못마땅해하지 말고 고치려고도 하지 마세요. 자기가 자기를 바꾸려고 해도 잘 안 되는데, 남을 어떻게 바꾸겠어요. 다만 내가 보기에 못마땅해서가 아니라 그 사람을 위하는 마음으로 고치 도록 해보는 것은 괜찮습니다.

이때는 쉽게 고쳐지지 않을 것임을 알고 시작해야 해요. 대개는 한두 번 지적했는데도 상대방의 행동 이 고쳐지지 않으면 불쾌해합니다. 기껏 생각해서 충 고해주었는데 무시를 당했다고 느끼고 기분 나빠해 요. 이런 감정이 들 때는 그 사람이 아니라 내 자신 을 점검해봐야 합니다.

'정말로 그 사람을 위하는 마음에서 고치려고 했 나? 혹시 내 마음에 들지 않아서 고치고 싶었던 것 은 아닐까?'

금방 고쳐질 거라는 기대 없이 조언을 하면 그 사 람이 달라지지 않더라도 내가 기분 상할 일이 없습 니다. 쉽게 안 고쳐진다는 것을 알기 때문에 거듭 얘 기하고 도와줄 수 있어요.

상대가 내 말을 안 듣는다고 내가 스트레스를 받 으면 안 됩니다. 나를 위한 것이 아니라 그 사람을 위한 것이기 때문에 그 사람이 말을 안 들으면 그만이지, 내가 스트레스 받을 필요는 없어요. 만약 스트레스를 받는다면 말로는 '그 사람을 위해서'라고 하지만 실제로는 내 필요 때문에 한 조언에 불과합니다.

"네 생각은 틀렸으니 그 생각을 바꿔라."

이렇게 상대에게 강요해서는 안 됩니다. 내가 아는 사실을 그 사람에게 알려줄 수는 있지만 그 얘기를 듣고 판단하는 건 그 사람 몫으로 남겨놓아야 합니다. 그런데 대부분 상대의 생각이 틀렸다고 지적하고 고치려고 하기 때문에 갈등이 생기고, 안 고쳐지니까 짜증이 나는 거예요.

'저 인간 아직도 정신 못 차렸네.'

이렇게 생각하면서 버럭 화를 내면 괴로워지는 것은 나 자신입니다.

상대방이 내 충고를 받아들이지 않아 화가 나고 짜증이 올라올 때는 먼저 자기 마음을 고요히 지켜보세요. 그러고도 정말로 상대를 위한다는 판단이

서면 내 뜻대로 상대를 고치려는 대신 상대에게 정보를 줌으로써 인연을 맺어주고 결정은 당사자가 하도록 지켜봐주세요. 그러면 불필요한 갈등이 훨씬 줄어들 겁니다. ♥

'기브 앤 테이크'는
거   래   지,
관계가 아니다

＋ ＊ ✖ ♣ ✖

　서로 주고받는다는 뜻의 '기브 앤 테이크'라는 말
이 있지요. 이것이 관계에서는 공평한 것처럼 보이지
만, 실제로는 거래라고 할 수 있습니다. 내가 상대를
위해 이런저런 일을 해준다는 생각을 가지고 있으면
자꾸 대가를 바라게 되고, 바라는 그 마음이 채워지
지 않으면 괴로워져요. 더군다나 상대가 원하는 걸
해주는 것도 아니고 자기 생각에 좋아 보이는 걸 해
주면서 '내가 너를 위해 이렇게 애쓰고 있다'는 생각
에 빠지면 갈등은 피하려야 피할 수가 없습니다.

예를 들어 남편이 아내에게 옷을 한 벌 사주었는데, 아내가 별로 고마워하는 기색이 없으면 당장 서운한 생각이 듭니다.

"당신, 내가 사준 그 옷 왜 안 입어?"

"그게 나랑 잘 안 어울리는 것 같아서."

"아니, 기껏 사줬더니 겨우 한다는 소리가 그거야."

이런 대화가 오가면 순식간에 섭섭하고 원망스러운 마음이 일어납니다. 남녀 관계뿐만 아니라 가족이나 친구 간에도 자신이 해준 것에 대한 본전 생각에 괴로워하는 모습을 자주 볼 수 있어요.

가족에 대한 서운함으로 괴로워하다가 이런 질문을 한 분이 있었어요.

"가족과 떨어져 외국에 살다보니 고국에 있는 형제들에게 자주 전화를 거는데, 그들은 명절이 되어도 제게 전화 한 통 없으니 섭섭합니다. 형제들의 소식이 궁금하면서도 '매번 왜 나만 전화를 걸어야 하나' 싶어 저도 지금은 전화를 안 하고 있어요. 그래서 마음이 답답합니다."

이것은 "가는 게 있으면 오는 게 있어야 하는 것 아니냐. 그러니 내가 열 번이나 전화를 했으면 상대방이 한 번쯤은 해줘야 할 것 아니냐"는 말입니다.

이렇게 말하는 사람이 있다면 많이들 공감할 겁니다. 그런데 우리가 착각하는 게 있어요. 가족들에게 전화하는 것은 내가 궁금하고 걱정되기 때문입니다. 즉 내가 필요해서, 내가 좋아서 하는 것이지, 상대방이 좋으라고 하는 게 아니에요. 형제에게 전화를 안 해도 괜찮고, 부모에게 전화를 안 해도 죄가 아닙니다. 내가 하고 싶으면 하고, 하기 싫으면 안 하면 그만이에요.

그런데 가족들이 내게 전화를 안 하니까 나도 안 하고 참겠다는 것은 심리적으로 거래를 하려는 겁니다. 거래가 공평하지 않은 것 같으니까 버티는 거잖아요.

'나는 너를 위해서 이렇게 해주는데 너는 나한테 해준 게 뭐가 있냐' 하는 것은 거래에 불과합니다. 내가 좋아서 하는 것은 상관없지만 대가를 바라면 그때부터는 원수가 되기 쉬워요. 바라는 그 마음이 채워지지 않으면 섭섭한 마음이 쌓이고 갈등이 불거집니다. 이럴 땐 차라리 가족에게 전화해서 "계속 나만 전화하게 되니 서운하다"고 솔직하게 마음을 표현하는 것이 현명해요.

가까운 사이에 갈등이 생기는 것은 사랑을 준 만큼 받으려고 하기 때문입니다. 사랑을 주면 받을 확률은 높지만 행여 못 받게 되었을 때는 고통이 따릅니다. 그러면 배신감이 들게 돼요.

'받지도 못할 사랑을 내가 무엇 때문에 주었나.'

이렇게 사랑하는 마음이 미움이 되고 실망하는 마음으로 바뀌는 것은 상대방 때문이 아니라 준 만큼 받고 싶어하는 내 마음 때문임을 알아야 합니다. 우리의 마음 어딘가에 '너를 위해서'라는 생각이 있으면 '나는 너를 위해 이렇게까지 하는데 너는 도대체 뭘 해준 거냐' 하는 원망하는 마음이 따라붙습니다.

그러나 상대를 위해서 하는 일이 사실은 나를 행복하게 하는 일인 줄 안다면, 그 일을 하면서도 상대에게 기대하고 원망하는 마음이 깃들지 않게 됩니다. 그러니 가족이나 가까운 사람끼리 심리적인 거래는 그만두고 이제라도 진정한 관계를 맺어보세요. ❦

책임감으로 살면
인 생 이
공 허 해 진 다

✚ ✖ ✖ ✦ ✚ ✖

　부모가 자식에게 베푸는 사랑은 대가를 바라지 않는 순수한 사랑이라고 하지요. 그런데 부모도 힘들면 이렇게 말합니다.

　"내가 너 키우느라 얼마나 고생을 했는데."

　이 말에는 '내가 너 키우느라 이만큼 애를 썼으니 너도 노후에 나한테 보상해라' 하고 바라는 마음이 깔려 있어요. 그래서 부모가 자식을 원망하는 경우가 생깁니다.

　부모가 되어 자식을 키울 때 키우는 재미를 마음

껏 누렸다면, 자식이 다 커서 효도를 하지 않아도 조금도 서운하지 않을 거예요. 자식을 키우는 동안 부모로서 이미 기쁨을 누렸기 때문에 아이에게 사랑을 베풀었다는 생각도 없습니다. 그러니 그 자식이 독립해 제 가정을 잘 건사하는 것만으로도 부모는 행복하고 고맙게 여깁니다.

반면에 아무리 부모라도 자신도 모르게 '내가 키웠다' 하는 생각을 가지면 자식에게 실망해서 괴로움을 자초할 수도 있습니다.

자식과 아내를 외국에 보내고 기러기 아빠로 사는 분이 있었어요. 자식을 위해서는 잘한 선택이지만 가끔씩 자신의 인생을 생각하면 허무해질 때가 있다면서 이렇게 물었습니다.

"외국에서 공부하는 자식을 생각하면 흐뭇하지만 이따금 공허한 마음이 들 때가 있습니다. 어떻게 하면 이런 생각에서 벗어나서 좀더 좋은 아버지, 좀더 좋은 가장이 될 수 있을까요?"

인생을 책임감으로 살면 본인은 열심히 산다고 하지만, 돌아보면 인생 전체가 허무하고 공허하게 느껴지기 쉽습니다.

'자식을 위해서 어떤 아버지가 될 것인가?' 이런 생각은 겉으로는 훌륭해 보이지만 실제로는 가족을 위해 자신을 희생한다는 의미가 숨어 있어요. 시간이 흐르면 결국 스트레스를 받게 되고, 인생 자체가 불행해집니다.

'가족을 위해서 내가 헌신한다.'

'아이들을 위해서 내가 희생한다.'

이렇게 말하는 사람의 마음속에는 사명감이 있는 겁니다.

그런데 사명감을 가지면 어깨가 무거워집니다. 이럴 때 한번 솔직하게 생각해볼 필요가 있습니다. 혼자 지내는 게 더 좋은지, 가족과 함께 지내는 게 더 좋은지 말입니다.

혼자 사는 것보다는 결혼해서 사는 게 낫고, 자식이 아무리 애를 먹여도 없는 것보다는 있는 게 낫다면 아내 때문에, 자식 때문에 자신을 희생하고 있다는 생각은 잘못된 것이지요. 오히려 아이들에게 항상 "고맙다. 너희가 있어서 내가 행복하다"고 말하고, 아내에게도 '가끔 잔소리도 하지만, 당신이 있어서 내가 사는 재미가 있다' 하고 생각할 수 있어야 합니다.

이렇게 상대를 고맙게 여기면 가정이 화목해지고 저절로 좋은 아버지, 훌륭한 남편이 됩니다.

요즘은 자식들이 장성한 뒤에도 자신의 인생을 희생해가며 뒷바라지하는 부모들이 많습니다. 그러나 희생하는 데는 한계가 있어요. 결국에는 '인생을 이렇게 살 필요가 있나?' '내가 왜 가정에 묶여서 이렇게 고생을 하나?' 하는 회의가 들기도 합니다. 또 누구를 위해서 희생한다는 생각을 하면 보상심리가 생기게 돼요.

"내가 너희들을 위해서 이렇게까지 하는데 너희들
은 그것밖에 못 하니?"

이렇게 섭섭함이 쌓이면 신세한탄을 하게 됩니다.
그러니 누구를 위해서 산다는 것은 자유롭고 행복
한 인생과는 거리가 멀어요.

정말로 좋은 부모가 되는 길은 좋은 배우자가 되
는 길과 다르지 않습니다. 있는 돈 없는 돈 들여가며
아이들에게 아무리 정성을 쏟아도 부모가 악을 쓰
고 싸우면 아이들은 비뚤어지고 맙니다. 반면에 부
부가 행복하게 지내면 아이들은 저절로 잘돼요. 학창
시절에 공부를 좀 못한 아이들도 나중에는 다 잘됩
니다.

결국 부부가 화목하게 사는 것이 부모 노릇 제대
로 하는 거예요. 그러니 부부는 가능하면 같이 사는
것이 좋습니다. 부부가 떨어져 살면서 아이들을 좋
은 학교에 보내는 것보다 아무 학교나 보내더라도 부

부가 화목하게 사는 것이 아이들의 장래를 위해 훨씬 좋습니다.

　부모가 자식을 위해 무조건 희생하다보면 자식에게 거는 기대가 커지고, 자식은 부모의 기대라는 무거운 짐을 지고 살게 돼요. 그러다보면 삶에 활기가 없어지고 항상 부모 눈치를 보게 됩니다. 이런 자식은 결혼해서도 독립을 못하고 부모에게 의지하기 쉽습니다. 따라서 정말로 자식의 행복을 바라고 좋은 아버지가 되고 싶다면 자식이 스무 살이 되면 독립을 시켜야 합니다.

　"네가 고등학교 졸업할 때까지만 재워주고 먹여주고 가르칠 것이니 이후로는 네 맘껏 살아라."

　"혼자 살아도 좋고 결혼해도 좋고 결혼할 사람이 어떤 사람이든 좋다. 너 원하는 대로 살아라. 엄마 아빠는 너를 지지한다."

　이렇게 탁 풀어서 광야에 내보내줘야 아이들이 활

기차게 살지, 부모의 좁은 울타리에 가두니까 요즘 아이들이 크게 성장하지 못하고 다 고만고만합니다. 그러다보니 젊은이들도 도전하지 않고 안정을 추구하는 애늙은이가 많아져서 사회 전체가 침체 국면으로 빠져드는 거예요.

아이는 아무 곳에서나 키워도 잘 자랍니다. 아이 걱정은 하지 마세요. 그런데 부모가 자식 키우는 것이 너무 괴롭다고 하소연하면 자식은 잘되기가 어렵습니다. 부모를 괴롭히는 아이가 어떻게 잘되겠어요?

부모 노릇도 자식을 위한 희생이라고 생각하면 굴레가 됩니다. 그러니 '너를 위해 내가 이렇게 하고 있다'는 생각을 버려야 자식 인생도, 부모 인생도 다 행복해질 수 있습니다. ♈

의지하는 마음은
원 망 하 는
마 음 의 씨 앗

✚ ✿ ✖ ◢ ✖

　요즘 사람들은 영화와 드라마, 소설을 많이 봐서 그런지 결혼에 대한 기대가 크고 환상을 많이 갖는 것 같습니다. 그래서 결혼만 하면 행복의 깨가 막 쏟아지는 줄 알아요. 그렇게 기대하는 마음이 크면 실망하는 마음도 커서 조금 살아보고 못 살겠다고 아우성입니다. 결혼생활도 그냥 둘이 같이 밥 먹고 살면 되는데, 영화나 소설처럼 아기자기하고 가슴이 늘 찌릿찌릿해야 한다는 생각 때문에 상대가 나에게 관심이 없다고 괴로워하고 힘들어하는 거예요. 연애할 때는 가슴이 두근거리기도 했는데 막상 결혼해서 살아보면 대화도 별로 없고 무미건조하다는 거지요. 그렇다고 남편이 특별히 나쁜 것도 아니고 아내가 부족한 것이 아닌데도 '연애할 때보다 대화도 별로 없고 무미건조하다. 결혼생활이 이런 건 아닌데……'라는 식이에요.

밥은 특별한 맛은 없지만 몸에는 좋고, 인스턴트식품은 입에는 달지만 건강을 해칩니다. 이처럼 결혼한 부부가 "우리 남편(아내)은 나를 끔찍이 사랑해. 나 없이는 못살아" 하는 것이 행복이라고 생각할지는 몰라도 그것은 남편(아내)이 그어놓은 울타리 안에 갇힌 행복입니다. 내가 남편(아내)이 쳐둔 울타리로부터 한 발만 밖으로 나가도 남편(아내)은 큰일 날 것처럼 생각하잖아요. 그것이 바로 새장에 갇힌 새의 행복이에요.

어느 여성분이 남편에게 집착하는 마음 때문에 너

무 괴롭다며 이렇게 물었습니다.

"남편에게 의지하고 기대는 마음을 어떻게 놓아야 할지 모르겠어요. 놓게 되면 그 마음이 아이들에 대한 집착으로 옮겨갈까봐 겁이 납니다."

집착이 큰 것은 의지심 때문입니다. 의지한다는 것은 좋게 말하면 상대를 신뢰하는 것이고, 나쁘게 말하면 노예근성이 있는 거예요. 상대의 일거수일투족에 나의 희로애락이 좌우되니까요. 본인은 관심과 사랑이라고 착각하지만 집착에 불과합니다. 집착은 대상을 바꾸어 옮겨갈 수 있어요.

남편에 대한 집착을 놓지 못하고 서운한 마음에 외면하면 남편에게 향했던 집착이 자식에게 옮겨가서 이것이 나중에는 자식에게 큰 짐이 되고 부모자식 사이에 갈등의 원인이 됩니다.

부부 사이는 외로울 때 서로 의지처가 되어 좋지만, 지나치게 의지하면 서로에게 무거운 짐이 돼버려요. 그러다보면 결혼이 속박으로 느껴집니다. 결혼

자체가 구속이 아니라 상대에게 지나치게 의지하기 때문에 속박처럼 느껴지는 것이지요.

 보통 어린 시절에 부모로부터 제대로 사랑받지 못했다고 느끼는 사람은 누가 조금만 잘해주면 그 사람에게 푹 빠져버립니다. 부모에게서 충족되지 못한 사랑을 애인이나 배우자에게서 채우려는 것이지요.
 그래서 처음에는 부모로부터 받지 못한 사랑이 채워지는 것 같지만, 시간이 흐를수록 점점 상대에 대한 실망감과 원망하는 마음이 올라옵니다. 나아가 부모와 배우자에게서 충족되지 못한 욕구를 다시 자식에게서 채우려고 합니다.
 그런데 아이가 자랄수록 부모가 원하는 대로 되지 않기 때문에 또다시 실망하게 됩니다. 그러면 결국 부모도 원망스럽고, 배우자도 미워지고, 자식에게도 배신당한 기분이 들어요. 이렇게 되면 인생이 지옥처럼 느껴지겠죠. 부모에 대한 원망으로 시작되었지만,

의지할 곳을 찾아 여기저기 방황하다가 남편도 싫어지고 자식도 미워지는 거예요.

누군가에게 의지한다는 것은 상대의 태도에 따라 내 삶이 흔들리게 된다는 뜻입니다. 그런데 기대고 의지하는 마음엔 반드시 고통이 따르게 마련이에요. 마치 자신의 몸을 몇 개의 밧줄로 묶고 밧줄 끝을 부모에게 하나 주고 애인에게 주고 남편이나 아내에게 주고 친구들에게도 하나씩 주어서, 누가 이쪽에서 밧줄을 당기면 이리로 끌려가고, 저쪽에서 당기면 저리로 끌려가면서 계속 이리저리 흔들리는 것과 같습니다.

이렇게 의지하고 기대다보면 내 생각, 내 판단, 내 주체성은 사라지고 늘 주변 사람들에게 매여서 매사가 혼란스럽고 괴로울 수밖에 없습니다.

우리가 말하는 사랑은 보통 상대에게 의지하는 경향을 보입니다. 그러나 상대를 사랑하면서도 홀로 설 수 있어야 진정한 사랑이라 할 수 있어요. 그래서 오히려 상대에게 도움을 주고 의지처가 되어주겠다는 자세를 가져야 합니다. 자기중심 없이 희생하는 사랑은 기대하는 마음이 깃들어 있기 때문에 필연적으로 원망하는 마음으로 이어집니다.

우리가 얼굴도 모르는 사람하고는 원수가 되는 일이 별로 없어요. 사랑하기 때문에 철천지원수가 되고, 기대하고 의지하는 마음이 사랑을 원수로 만드는 겁니다. 이제라도 사랑이라는 이름으로 서로 구속하고 의존하는 마음에서 벗어나 '내 인생의 주인은 바로 나'라는 마음으로 살아야 합니다. ✿

남의 인생에 간섭하지 마라

우리는 다른 사람의 인생, 특히 가까운 사람에 대해 관심이 지나쳐 때로는 간섭으로 나타나기도 합니다. 자식이라는 이유로, 부모라는 이유로, 가족이라는 이유로 남의 인생에 간섭할 때가 많아요. 도움을 준다는 생각으로 지나치게 간섭해서 오히려 상대가 짐스럽게 여기거나 서로에게 큰 괴로움을 주기도 합니다.

자녀들이 취직에 실패하고 결혼도 하지 않아 걱정이라는 부모가 이렇게 하소연했습니다.

"아들과 딸이 30대입니다. 그런데 둘 다 취직 시험 공부를 4년씩 하고 있는데도 취업에 매번 실패합니다. 성실히 공부하는데 이유를 잘 모르겠습니다. 또 아직 결혼을 못하고 있습니다. 너무 걱정이 되는데 제가 도울 수 있는 길이 무엇일까요?"

많은 부모가 자식에 대해서 "좋은 곳에 취직해야 할 텐데" "결혼을 빨리 해야 할 텐데" 하며 걱정합니다.

이렇게 말하는 부모는 자식을 위해 신경을 많이 쓰는 것 같지만, 그러한 행동이 자식에게는 오히려 무거운 짐이 됩니다. 취직 시험을 보든 말든, 결혼을 하든 말든, 자식이 스무 살이 넘었으니 자기 인생은 자기가 알아서 살게 내버려두는 게 자식에게 좋습니다. 애정을 갖지 말라는 게 아니라 간섭을 하지 말라는 뜻입니다.

제가 이렇게 말하면 반문하는 사람들이 있습니다.

"그러면 세상을 너무 무관심과 포기 속에서 사는 게 아닌가요?"

또 이렇게 말하기도 합니다.

"일체중생을 다 내 몸같이 생각하고 돌보라는 부처님의 가르침과 안 맞지 않습니까?"

제가 '남의 인생에 간섭하지 마라'고 한 말의 의미는 가족과 세상일에 무관심해지라는 뜻이 아닙니다. 비록 그 대상이 자식이라도 독립된 인격으로 존중해야 한다는 의미입니다.

물론 돌보는 마음이 필요할 때도 있습니다. 아이가 유치원에 가고 초등학교에 가고 중학교에 다니면 그때는 잘 돌봐줘야 합니다. 엄마는 자식을 잘 돌봐주어야 하고, 엄마가 없는 아이는 부모가 아니라도 세상사람 누구라도 돌봐야지요. 내 아이냐, 아니냐와 관계없이 어린아이는 어른이 잘 돌봐야 합니다.

그런데 아이가 점점 자라서 사춘기가 되면 신체가 성장하는 것과 동시에 정신적으로도 자기가 중심이 되어 무엇을 해보려고 시도합니다. 전에는 부모가 얘기하면 무조건 따랐지만 이젠 자기주장도 강해지고,

하지 말라는 것에 호기심을 보이기도 하며, 하라는 것은 안 하기도 하니 부모와 갈등이 생겨요. 그런데 이것은 아주 자연스러운 현상입니다.

이때부터는 자신이 판단하고 경험하고 그렇게 하다 잘못되어 마음고생도 해보고 다치기도 하면서 성장하는 시기입니다. 그럴 때 부모는 걱정이 되어도 지켜봐야 합니다.

그것이 아이를 위하는 진정한 사랑이에요. 염려된다고 어린아이를 돌보던 습관대로 계속 아이에게 간섭하면 부모는 부모대로 힘들고, 자식은 자식대로 경험을 통해 성장할 기회를 놓치게 됩니다. 그리고 자식이 성년이 되면 완전히 정을 끊어줘야 합니다. 그래야 한 사람의 인격체로서 홀로서기가 가능해집니다.

지나치게 간섭해도 안 되고 너무 무관심해도 안 됩니다. 애정을 갖고 지켜보다가 상대가 도움을 요청할 때 적절하게 도와주는 게 좋습니다.

누군가가 답답해서 제게 "도움을 주십시오" 하고 요청할 때 적당한 조언을 해주면 긍정적 효과가 나타납니다. 그런데 요청하지도 않았는데 제가 조언한다면서 "내가 보니 당신에게 이런 문제가 있는 것 같은데" 하고 얘기하면 상대가 싫어합니다.

'스님이 또 뭐라고 잔소리할까?'

이런 걱정 때문에 저를 만나는 것조차 꺼릴 거예요. 이렇게 되면 오히려 역효과가 납니다. 또 자기 말을 안 듣는다고 '너 알아서 해라. 나는 모르겠다' 하고 팽개치는 것은 애정이 없는 것이고 무관심입니다. 도움을 요청하지 않았는데도 자꾸 붙들고 귀찮게 하고, 정작 도움을 요청할 때는 안 도와주면 신뢰감이 떨어져요.

결국 지나친 간섭도 무관심도 상대에게 도움이 되지 않는다는 걸 알 수 있습니다.

'저걸 그냥 둬야 하나, 고쳐줘야 하나?'

이런 생각은 상대에게 간섭하고 싶은 내 마음에서

비롯됩니다. 도와주고 싶지만 상대가 어떻게든 혼자 해보겠다고 할 때는 지켜보는 게 좋습니다.

남녀 사이의 사랑도 마찬가지입니다. 좋은 감정이 생기면 상대방이 싫다는데도 자꾸 가서 도와주려는 경우가 있어요. 그건 어리석어서 그런 겁니다. 누군가에게 호감이 있고 호감을 얻고자 한다면 자신의 욕구를 조금 절제하고 지켜봐야 해요. 상대에게 도움이 필요한 때를 기다리거나 상대의 요청이 있을 때 도와주는 게 진정한 사랑입니다.

어려운 사람을 돕는 것은 좋은 일입니다. 그러나 이때 유의할 게 있어요. 상대를 내 기분대로 불쌍하다고 판단해서 베푸는 것이 아니라 상대가 필요로 할 때 도와주는 것이 좋습니다. 그렇지 않으면 화를 자초할 수 있어요.

불쌍한 사람을 보고 돕지 못한다고 자기를 한탄한다면 그것도 경계에 끌리는 거예요. 도움이 필요하면 다만 도울 뿐이고, 도울 능력이 안 되면 그만이 에요.

우리가 남을 도와줄 수 있다거나 내가 남을 가르 칠 수 있다고 여기는 것은 굉장히 위험한 생각입니 다. 왜냐하면 자칫 자기과시나 욕심으로 하기가 쉽 기 때문이에요. 내가 어떤 말을 해줘야 저 사람에게 위로가 될까 하는 마음도 잘 살펴보면 내 욕심입니 다. 따라서 남을 돕고자 할 때는 먼저 상대의 이야기 를 들어주고 내 경험이 있으면 그것을 들려주는 가 벼운 마음이 좋습니다.

쓸데없이 남의 인생에 간섭하면 일거리만 많아져 요. 부모든, 형제든, 자식이든 그들 인생에 간섭하기 시작하면 인생이 피곤해집니다. 누군가를 돕다가 지 쳤다는 건 자기 능력을 넘어서 지나치게 간섭했다는 거예요.

그러니 남의 인생에 간섭하는 것을 조금 줄이고, 각자 자기 나름대로 살도록 놓아주세요. 도움이 필

요 없다는데도 가서 도와주겠다고 하지 말고, 도와
달라고 요청하면 그때 능력껏 도와주세요. 그때 비
로소 남에게도 도움이 되고, 내 인생도 한가해집
니다. ♀

나 무 는
서 로 어 울 려
숲 을 이 룬 다

산에 가면 소나무만 빽빽이 자라거나 키 큰 나무
만 자라는 게 아니고, 소나무와 낙엽송이 섞여 자라
기도 하고 키 큰 나무 아래 키 작은 나무가 자라기
도 합니다. 그런데도 갈등 없이 잘 자라고 있습니다.

그런데 서로 좋아서 만나고 결혼까지 한 부부 사
이에 갈등이 왜 생길까요? 남편이 술 먹기 때문에 갈
등이 생기고, 아내가 잔소리하기 때문에 갈등이 생
길까요? 아니에요.

남편이 술 마시고 왔을 때 "왜 술 먹니? 건강 해치고 돈 없애고 바보 같은 짓을 왜 하니?" 이렇게 반응하고, 아내가 잔소리할 때 "또 그 소리야? 적당히 좀 해!" 하면서 반감을 갖기 때문입니다.

이때는 내가 옳고 너는 그르다는 거잖아요. 그러면 갈등이 생길 수밖에 없습니다. 그런데 사람은 저마다 얼굴 생김새가 다르듯이 생각도 다르고 기호도 달라요.

더불어 살려면 서로 다르다는 것을 인정해야 합니다. 나는 가고 싶지만 저 사람은 가고 싶지 않다는 걸 인정해야 되고, 나는 널 좋아하지만 너는 나를 좋아하지 않을 수도 있다는 걸 인정해야 해요.

그런데 사람들은 매사를 자기 식으로, 자기 입장에서 바라봅니다. 저마다 자기 관점을 고집하다보니 갈등이 생길 수밖에 없습니다. 자기와 다를 뿐인데 잘못됐다고 생각하니까 싸움이 일어나는 거예요.

자기를 세상의 중심에 놓고 상대에게 잣대를 들이 대면 아무리 사랑하는 부부 사이라도 싸우게 마련입 니다. 반대로 서로 다름을 인정하고 이해하면 길 가 는 사람하고 살아도 싸울 일이 없어져요. 가령 사장 과 직원이 서로 입장이 다르다는 걸 인정하면 어떨까 요?

'사장 입장에서는 인건비를 한 푼이라도 줄이고 싶 겠구나!'

'직원 입장에서는 월급을 한 푼이라도 더 받고 싶 겠구나!'

이렇게 이해하는 겁니다. 상대의 생각이 옳다는 게 아니라 입장이 다를 수 있다는 걸 이해하면 타협의 여지가 생깁니다.

물론 누군가 나와 맞지 않다고 싫은 소리를 할 때 편안하게 웃어넘기기란 쉽지 않을 겁니다. 그런데 만 약에 어떤 사람이 자면서 "법륜 스님, 맘에 안 들어"

하고 잠꼬대를 했다고 칩시다. 그럴 때 제가 화가 나서 자는 사람을 일으켜 세우고 "너 뭐라고 했어?" 하면서 멱살 잡고 싸울까요? 아니지요. "아이고, 잠꼬대가 심하다" 그러면서 웃고 말잖아요.

서로 생각이 달라 부딪치는 것도 사실은 잠꼬대를 하는 것과 별반 다르지 않습니다. 서로 자기 생각에 사로잡혔거나, 아직 무지에서 깨어나지 못해서 그런 줄 알면 빙긋이 웃고 넘어갈 수 있어요. 상대를 고치려고 들기보다 이해하는 게 우선이에요. 개선이 필요하면 스스로 일깨우도록 기회를 마련해줘야 합니다.
만약에 남편이 부엌일을 안 한다고 한다면 "그래, 바깥일만 잘하면 되지" 하고 이해해주는 방법이 하나 있어요.
그런데 아이들의 교육을 위해서라도 남편이 집안일을 좀 도와주면 좋겠다는 생각이 들면 한번 시도해볼 만한 다른 방법이 있습니다. 아파서 부엌일을 못하는 것처럼 해서 "여보, 나 아파서 못 일어나겠어. 커피 한 잔만 끓여줄래?" 하고 도움을 청해보는 겁니다. 멀쩡하게 앉아서 "왜 여자만 커피를 끓여? 당신도 끓여와" 하면 싸움이 되니까, 끙끙 앓는 척을 하면서 "여보, 나 배고픈데 밥 좀 해줘" 하면서 남편이 도와줄 수 있는 기회를 만드는 거예요.

누군가를 변화시킨다는 건 대단히 힘든 일입니다. 그래서 내가 맞추는 게 가장 쉽고 빠른 해결책이에요. 그런데 사람이 쉽게 변하지 않는다는 걸 알면서도 한번 바꿔보고 싶을 때 정말로 애정과 지혜가 필요합니다. 싫다는 사람을 억지로 고치려고 들지 말고 지혜롭게 변화를 유도해야 합니다.

지금 인간관계에서 불행하다고 느낀다면 시선을 한번 달리해보세요. 상대의 나쁜 점 말고 좋은 점도 찾아보는 겁니다. 그렇게 상대의 장점을 찾는 시선으로 긍정적으로 보려고 노력하다보면 상대에게 감사

할 것들이 더 눈에 들어오고, 그러면서 행복에 조금
더 다가설 수 있게 됩니다. 🌷

4

남의 불행 위에
내 행복을
쌓지 마라

지금 우리 사회에는
'너를 이겨야 내가 산다'는 경쟁심리가 팽배합니다.
저마다 더 좋은 자리, 더 많은 이익을 차지하려고 하니까
다툼이 생기고 갈등의 골이 깊어질 수밖에 없어요.
이기면 행복한 것이고, 지면 불행하다고 생각합니다.
누구나 다 남을 이기고서 승자가 되려고 해요.

우리가 말하는 행복이란
결국 다른 사람의 불행 위에 서 있습니다.
내가 시험에 합격했다고 기뻐할 때
누군가는 불합격의 쓴맛을 봐요.
내가 선거에 이겼다고 기쁨을 누릴 때
누군가는 낙선하고 절망에 빠져 있습니다.
내가 경쟁 입찰에서 낙찰을 받았다고 즐거워할 때
누군가는 낙찰을 못 받아
뒷수습 문제로 골치가 아플 거예요.

대기업에 취직해서 높은 수입과
안정된 직장을 가진 사람이 있는 반면,
고용 불안정에 낮은 수입으로
생활하고 있는 사람도 있을 겁니다.
그런 일자리마저 구하지 못해 실직 상태로
힘들어하는 사람들도 많아요.

그런데 우리는 '나만 아니면 된다'는 생각으로
앞만 보고 무작정 달립니다.
경주마처럼 달려가는 그 길의 끝에는
무엇이 기다리고 있을까요?

진 정 한
성 공 이 란

사람들은 모두 성공한 인생을 꿈꿉니다. 그렇다면 진정한 성공이란 어떤 것일까요? 스물일곱 살 청년이 이렇게 물었습니다.

"제 경우 해마다 성공의 기준이 변해왔습니다. 2년 전에는 연봉 3천 만 원 이상이었고, 1년 전에는 세무사가 되는 것이었고, 지금은 감정평가사 시험을 준비하고 있습니다. 현재 성공의 기준을 합격이라고 잡긴 했는데, 인생에서 진짜 성공은 어떤 것일까요?"

제가 청년에게 되물었습니다.

"합격이면 성공이고 떨어지면 실패일까요? 실패하면 어떻게 할 건가요?"

"계속 밀고나가고 싶습니다."

"성공해서 뭐하려고요?"

"돈 벌려고 합니다."

"돈 벌어서 뭐하려고요?"

"지금보다 좀더 풍요로운 생활을 할 수 있다고 생각합니다."

"어떤 것이 풍요로운 생활인가요?"

"큰 집에 사는 거요."

"큰 집은 관리하기가 힘이 들 텐데요."

"그래도 남들만큼 살고 싶습니다."

"큰 집이 왜 좋은가요? 남한테 과시하는 게 좋은가요?"

"그런 것도 있습니다."

"큰 집 가졌다고 남에게 과시하면 뭐가 좋은가요?"

"좋은 건 없는 것 같습니다."

이 대화에서 알 수 있듯이, 많은 사람이 성공을 위해 열심히 달려가지만, 막상 왜 성공하고 싶으냐고 물으면 그 대답은 굉장히 막연합니다. 그런데 자꾸 물어보면 결국 이렇게 대답합니다.

"행복하려고요."

그렇습니다. 결국 행복하고 자유롭고 싶은 거예요. 그런데 행복을 위해 많은 시간을 낭비하고도 평생 그 맛도 보지 못하고 죽는다면 어떨까요?

이 청년은 성공의 기준을 준비하는 시험에 합격하는 것이라고 했는데, 어떤 목표를 이루기 위해 공부하고 있다면 공부하는 것 자체가 행복해야 합니다. 그런데 우리는 공부하는 동안 내내 괴로워하다가 합격할 때만 성공했다고 생각합니다. 산에 오르는 과정이 행복인데, 꼭대기에 도달해서만 행복하고 산을 오르는 내내 힘들어해요. 꼭대기까지 못 가면 실패인가요? 아니에요. 중간까지만 가도 올라간 만큼 이

룬 겁니다.

그런데 오늘도 우리는 앞뒤 안 가리고 열심히 달려갑니다. 과연 어떤 성공을 위해서일까요?

어느 날 의사 한 분이 제게 와서 환자가 없어서 고민이라고 푸념했습니다. 그래서 제가 이렇게 말했습니다.

"당신 돈벌이 하라고 사람들이 아파야 하겠습니까?"

의사가 사람이 아프길 바라니 어떻게 진정한 의사라고 할 수 있을까요? 요즘에는 사람을 살리기 위해서가 아니라 돈을 벌기 위해 의사가 되려는 사람이 많습니다. 그렇게 의사가 돼서 매상을 올리기 위해 과잉 진료와 과잉 치료를 하기 때문에 사람들이 의사를 믿지 못하는 경우가 많은 겁니다.

법조인도 상황은 비슷합니다. 법의 보호를 받지 못하는 소외된 사람을 위해서 일하면 돈이 안 벌리고,

대기업의 위탁을 받아 탈세하는 것을 봐주는 대형 로펌에 가야 돈을 잘 버니까 그쪽으로 몰립니다. 돈을 목표로 일하기 때문이에요. 왜 아까운 재능을 돈의 노예가 되는 데 씁니까? 그것이 진짜 성공인가요?

세상이 지금 돈에 미쳐서 돌아가고 있고, 유일한 신앙이 '돈교'라 할 수 있습니다. 세상이 돈 중심으로 돌아가니까 사람 사이에도 돈만 생긴다면 신의도 가볍게 내팽개칩니다. 돈 많은 남자(여자)가 나타나면 사귀던 사람도 배신하고, 돈을 더 준다면 30년 넘게 다니던 회사도 미련 없이 그만두고 다른 회사로 옮깁니다. 현명한 것 같아도 다 돈의 노예로 살고 있어요.

그렇다면 성공이 어떤 모습일 때 우리가 행복할 수 있을까요? 의사의 본분은 치료입니다. 좋은 의사는 환자가 안 생기게 하는 겁니다. 의사는 환자가 없어서 할 일 없는 것이 궁극적인 목표가 되어야 합니다. 좋은 변호사도 마찬가지예요. 이혼문제로 찾아온 사람이 가능하면 이혼까지 가지 않게 도와줄 수 있어야 합니다. 이렇게 돈을 위해서가 아니라 사람들의 행복을 위해 일할 때 성공한 삶이라 할 수 있습니다.

또 대부분의 사람들은 도시에서 돈을 많이 벌어 큰 아파트에서 살면 성공했다고 생각합니다. 하지만 시골에서 농사짓고 살면서도 "좋은 공기 마시면서 자유롭게 일하니 나는 참 행복하다" 이렇게 만족할 수 있다면 성공한 인생입니다.

그런데 우리는 성공에 대해 잘못 이해하고 있기 때문에 자기 인생을 타인의 기준에 맞추고 살아갑니다. 그러면 타인으로부터 성공했다는 평가를 받을지는 몰라도 자기 삶이 피폐해지는 경우가 많습니다. 나이가 들거나 병이 들었을 때 과거에 자신이 한 일이 보람 있었다고 느끼기보다 허망함을 느끼는 것은 그런 까닭입니다.

열심히 공부하지 말라거나 열심히 일을 하지 말라

는 의미가 아닙니다. 다만 헛된 성공을 위해 인생을 낭비하지 말라는 뜻입니다. 이렇게 살지 못한다면 나중에 지난 인생을 돌아보고 후회할 일이 생기게 돼요.

진정한 성공은 매순간이 값지고 소중하다는 것을 아는 데서 시작됩니다. 어떤 상황에서든 현재 주어진 조건에서 삶을 만끽할 수 있어야 해요. 그래서 지금, 여기에서 나는 행복한가를 점검하며 살아야 합니다.

이런 관점을 갖고 인생을 산다면 어제도 성공하고, 오늘도 성공하고, 내일도 성공하는 삶을 살 수 있습니다. ❦

남의 불행 위에
내 행복을
쌓지 마라

많은 사람들이 성공을 인생의 목표로 삼습니다. 흔히 좋은 학교를 나오고, 좋은 직장에 다니고, 좋은 배우자를 만나서 사는 것을 성공이라 말합니다. 이때 좋은 학교란 좋은 직장에 들어가기 위한 관문과 같고, 좋은 직장이란 적게 일하고도 많은 돈을 받으며 편히 일하고 대우받을 수 있는 곳, 남에게 권세를 부릴 수 있는 곳, 남이 부러워하는 곳을 의미합니다. 한마디로 표현하면 주위 사람들보다 더 많은 재물과 지위, 명예와 인기를 갖는 것입니다. 물론 이렇게 직설적으로 얘기하면 어떤 사람들은 "꼭 그런 것만은 아니다"라고 고개를 내저을지도 몰라요.

우리는 흔히 자신의 성공이 타인에게 피해를 주지 않았다고 생각합니다. 하지만 만약 내가 30평 아파트에 사는데 주변에서 나를 부자라고 말한다면 주변의 아파트는 30평 미만이라는 뜻입니다. 그리고 그들은 나를 보며 상대적 박탈감을 느낍니다. 이 또한 누군가의 불행 위에 선 행복에 속하는데, 우리는 그렇다는 생각조차 하지 못한 채 살아갑니다.

대부분의 사람들은 재물이든, 권력이든, 명예든, 인기든 무조건 남보다 더 많이 소유하는 것이 인생을 성공적으로 사는 길이라 여깁니다. 그래야 나중에 베풀 수도 있다고 생각하지요. 기부도 많이 할 수 있고, 교회나 절에 헌금이나 시주를 많이 하며, 사회사업도 크게 할 수 있고, 역사에 이름을 남길 만한 일도 할 수 있지 않겠느냐고 생각합니다.

문제는 더 많이 소유한다는 것이 상대적 개념이라는 겁니다. '남보다' 더 많이 소유하려면 누군가는 '나보다' 더 적게 소유하는 사람이 있어야 해요. 재물을 예로 들면 누군가 적게 일하고 많이 받는다면 누군가는 많이 일하고 적게 받기 마련입니다.

권력도 마찬가지예요. 누군가 앉아서 명령한다는 것은 다른 누군가는 그 명령을 받아 처리해야 한다는 뜻입니다. 그래서 한 사람의 성공이 빛나려면 수많은 사람들의 실패가 있어야 하고, 한 사람이 소유하는 재화의 양이 크면 클수록 기본적인 욕구조차 해결할 수 없는 빈곤한 사람들이 늘어납니다.

결국 우리가 추구하는 성공은 본질적으로 남에게 고통을 떠넘기고 얻은 대가라고 할 수 있어요. 특히나 지금 우리 사회는 성공하려면 다른 사람의 희생을 딛고 올라서야 하는 구조입니다. 내 성공에는 필연적으로 다른 누군가의 실패가 뒤따라요. 구조적으로나 현실적으로 모두 함께 성공할 수는 없게 되어 있습니다. 내 이익을 위해서는 타인에게 손해를 끼칠 수밖에 없는 피라미드 구조이기 때문이에요. 저마다 이 피라미드의 꼭대기를 차지하려고 달음박질을 하고, 누군가 정상에 오르려면 다른 누군가(대다수의 사람들)는 경쟁에서 밀려나 꼭대기를 떠받치는 신세가 되어야 합니다.

하지만 꼭대기층이 아무리 똑똑한 사람들로 채워진다고 해도 중간층이나 그 아래층에서 떠받치는 사람들이 없다면 피라미드는 무너지고 맙니다. 다수의 디딤돌이 있기 때문에 상부로 올라설 수 있는 거예요.

그런데 꼭대기층에 오른 사람들은 자기 혼자 잘나서 그곳에 있다고 생각하면서 자기가 누리고 있는 혜택을 당연하게 생각합니다. 심지어 아래에서 받쳐주고 있는 사람들을 무능력하다고 무시해요. 그러다 보니 대부분의 사람들은 꼭대기가 아니면 의미가 없다고 생각합니다. 전반적인 사회 분위기가 이렇다보니 대다수가 수단과 방법을 가리지 않고 위로만 올라가려고 합니다.

이런 사회에서는 수단과 방법을 가리지 않고 욕망을 충족시키는 삶이 성공의 표본으로 인정받기가 쉽습니다. 요즘 세태를 보면 성실하게 일하고 주위 사람을 배려하면 세상물정 모른다고 무시당하고, 부모에게 재산을 물려받아 일하지 않고 놀고먹는 사람들을 복이 많다고 부러워합니다.

만약 지금 내 주변에 고통받는 사람이 있는데도 내가 남들보다 권력과 재물, 명예와 인기를 더 많이 가졌다면 그것으로 누리는 내 기쁨은 그들의 희생으로 얻어진 것입니다. 그러니 내가 힘들게 일하지 않고 편히 살 수 있는 것은 나보다 힘들게 일하면서도 어렵게 살아가는 사람들이 있기 때문임을 알아야 합니다.

어느 날 프라세나짓 왕이 부처님께 물었습니다.

"훌륭한 왕이 되는 길은 무엇입니까?"

그러자 부처님께서 이렇게 대답하셨습니다.

"외아들을 사랑하듯 백성을 사랑하십시오. 타인의 불행 위에 자신의 행복을 쌓아서는 안 됩니다. 왕의 지위를 특별한 것으로 여기지 마십시오. 항상 가난하고 병든 이를 구호하며 외로운 이를 위로한다면 굳이 출가하여 고행을 할 필요가 없습니다. 왕이 어리석으면 한 나라의 운명은 말할 것도 없고 자기 자신의 생명조차 온전히 보존하기 어렵습니다."

우리는 보통 훌륭한 지도자라고 하면 세력이 강해야 한다고 생각합니다. 그러나 부처님께서는 왕의 지위를 특별한 것으로 여기지 말고, 백성을 잘 보살피는 공덕이야말로 지도자의 가장 중요한 자질이자 덕목이라고 강조하셨습니다.

부처님께서는 한 나라의 왕자로서 부족함 없이 호화로운 삶을 살았지만, 세상 사람들의 고통을 본 뒤 남들이 부러워하는 조건을 헌신짝처럼 던져버리고 출가를 하셨습니다. 남의 것을 뺏어서 나의 곳간을 채우고, 남의 자리를 뺏어서 나의 출셋길을 도모하고, 남의 명예를 뺏어서 내 명예로 삼는 길을 가지 않겠다고 결심하신 겁니다.

그런데 우리는 지금까지 남의 불행 위에 내 행복을 쌓는 게 성공적인 삶이라고 잘못 알고 살아왔어요. 그게 행복해지는 길이라고 생각하며 무작정 달려왔습니다. 그렇다면 이제라도 남과 더불어 행복해지려면 어떻게 해야 할까요?

오늘날 우리가 비록 경쟁사회에 살고 있지만, 경쟁에서 이기면서도 타인을 억누르지 않고, 경쟁에서 지면서도 패배감 없이 사는 길은 삶의 목표를 1등이 아니라 2등에 두는 겁니다. 예를 들어 승진할 기회가 있으면 옆에 있는 동료를 보면서 '이번에는 당신 먼저' 하는 마음을 내는 거예요.

"그러면 사회생활에서 뒤처지지 않나요?"

이렇게 반문하는 사람들이 있을지 모르지만 실제

로는 그렇지 않습니다. 승진에 욕심을 내지 말라는 것일 뿐, 일을 게을리 하라는 얘기가 아니기 때문이에요. 일할 때는 누구보다 열심히 하되, 승진이나 보상받을 기회가 오면 뒤로 물러서라는 의미입니다.

예를 들어 물건을 팔러갔는데 갑자기 경쟁자가 나타났다면 고객에게 "저분 걸 먼저 사주십시오"라고 말하는 것이 꼭 경쟁자를 위한 태도는 아니에요. 오히려 나 자신을 위한 겁니다.

내가 진심으로 이렇게 마음을 낼 수 있다면 고객이 어떤 선택을 하더라도 괴롭지가 않아요. 상대방 물건을 구매해도 패배감이 들지 않습니다. 그렇게까지 말했는데도 고객이 내 물건을 선택한다면 그건 고객의 결정이지, 내가 경쟁자를 짓밟은 게 아니기 때문이에요.

만약에 이런 길을 못 가고 경쟁하고 살 수밖에 없다고 생각한다면 그 과보를 받으면 됩니다. 내가 오늘 경쟁자를 밟았기 때문에 언젠가 내가 그에게 밟히는 날이 올 겁니다. 아니면 또다른 경쟁자에게 밟히게 되겠지요. 이 과보는 누구도 피할 수 없기 때문에 이왕 받는 거라면 기꺼이 받겠다는 마음을 내면 괴로움이 덜할 수 있습니다. 그러면 원망하거나 억울한 생각이 덜하겠지요.

우리가 이런 삶의 이치를 안다면 출세는 출세대로 하고, 인생은 인생대로 편하고, 돈은 돈대로 벌 수 있습니다. 그런데 이 이치를 모르고 어떻게든 남을 이기려고만 하니까 인생이 피곤한 겁니다.

이기려는 마음이 없다면 어디서 누구와 사회생활을 해도 긴장하거나 초조해할 필요가 없어요. 무슨 일을 하며 살든 편안하게 일할 수 있고, 구성원들과도 화목하게 지낼 수 있습니다. 🌷

욕 망 은
장 작 불 과
같 다

우리가 사는 현대 자본주의 문명은 욕망을 채우는 데는 아주 탁월합니다. 문제는 욕망을 채우기만 하는 게 아니라 끝없이 욕망을 키운다는 사실이에요.

예전에 배곯던 시절에는 소고깃국에 흰쌀밥을 먹으면 잘사는 거라고 생각했습니다. 그러다 밥 먹고 살 만하니까 잘 입어야 잘사는 게 됐어요. 그다음엔 자동차가 있어야 하고, 또 내 집이 있어야 하고……, 이런 식으로 계속 욕구 수준이 올라갑니다.

그래서 지금은 먹고살 만하고 물질적으로 훨씬 풍

요로워졌는데도 갖고 싶은 것은 더 많아졌어요. 가진 게 더 많아졌는데도 주변 사람과 비교하면서 여전히 부족하다고 생각합니다. 가진 게 없었던 과거보다 행복하고 마음이 넉넉해진 게 아니라, 조금이라도 더 갖기 위해 경쟁하느라 오히려 더 야박해졌어요.

더군다나 우리나라 사람들에게는 성장에 대한 강박관념이 있습니다. 지난 50년간 지속적으로 경제 성장을 해왔기 때문에 성장 속도가 조금이라도 줄거나 멈추기라도 하면 큰일 날 것처럼 걱정합니다. 과거 너무 배고팠던 시절에 우리도 한번 잘살아보자며 성장을 밀어붙였던 관성이 그대로 남아 있어서지요.

지금 우리나라 경제가 아무리 나빠졌다 해도 20년 전보다는 배로 더 잘살고 있습니다. 그런데도 오늘 우리들의 마음상태는 그때보다 불평과 불만이 더 많고 괴로움도 더 큽니다. 왜냐하면 경제적 수준에 대한 우리의 기대가 그만큼 높아졌기 때문입니다. 그런 까닭에 이 상대적 빈곤감은 앞으로 아무리 경제가 성장해도 해결될 수가 없습니다.

이제라도 정신 좀 차리고 절약하고 살아야 합니다. 지금처럼 계속 흥청망청 써대면 하나뿐인 지구가 어떻게 견뎌내겠습니까.

사람의 욕망은 채운다고 해도 만족하기는커녕 더 커지기만 할 뿐 줄어들지 않아요. 예를 들어 늘 걸어다니던 길도 한번 자동차를 타고 가보면 이후로는 걸어가고 싶은 마음이 없어집니다. 또 일반고속버스를 타다 우등고속버스를 타면 일반고속버스를 타기 싫어지는 게 사람의 마음이에요. 안락함과 신속함에 맛을 들이면 이전 생활로 되돌아가기가 어렵습니다.

우리가 욕망에 사로잡히면 그다음부터는 욕망이 우리를 끌고 갑니다. 욕망이 충족되면 만족해하며 그로 인해 생기는 일시적 기쁨에 들떠 즐거워합니다. 많이 가진 만큼 더 큰 쾌락을 누리고 자유롭고 행복할 거라고 생각하기 때문이죠.

　자신이 소비 중독인 것 같아 걱정이 된다는 대학생이 이렇게 물었습니다.

　"제가 또래 친구들보다 훨씬 더 많은 소비를 하는 것 같습니다. 소비 욕구를 채우려고 계속 아르바이트를 하고, 그렇게 번 돈으로 또 소비를 하다보니까 친구들보다 돈을 적게 버는 것도 아닌데 수입이 조금만 줄어도 불안합니다. 그리고 원래 쓰던 대로 쓰지 못하면 비굴해지는 기분이에요. 어린 나이에 벌써 이런 마음이 든다는 게 걱정입니다."

　일단 자신이 소비 중독이고, 문제가 있다고 인식했다는 것은 그렇게 사는 게 행복하기보다는 괴롭다는 뜻입니다. 소비를 함으로써 자유를 얻고 행복해지면 몰라도 오히려 물질의 속박을 받고 있는데도 딱 끊지 못하는 것은 소비에 중독되었기 때문입니다. 아직은 괴롭긴 해도 견딜 만하니까 붙잡고 있는데, 시간이 조금 더 지나면 안 끊으려야 안 끊을 수 없는 상황이 닥치게 돼요.

저는 큰 집에 초대받아 가면 스윽 둘러보고 '아이고, 청소하기 힘들겠다'라고 생각합니다. 그러나 큰 것이 좋다고 인식하는 습관을 버리지 못하면 끊임없이 더 크고 새로운 것을 갖고 싶어해요. 결국에는 빚을 내가면서까지 욕망을 채우려고 합니다.

삶이 초조하고 불안하거나 욕구불만이 있으면 중독에 빨려들 확률이 더 높습니다. 소비하고 싶은 욕망을 참을 수가 없고 점점 더 많이 소비하고 싶어집니다. 그것을 감당하려면 더 많은 돈을 벌어야 하기 때문에 돈을 더 벌 수 있는 조건을 발견하면 이 일 하다 저 일 하고, 저 일 하다 이 일 하면서 돈을 더 주는 쪽으로 자꾸 바꾸겠지요. 그건 돈에 팔려다니는 것과 마찬가지입니다.

그러다 중독성이 더 심해지면 마음에 걸리는 게 있어도 돈이 된다면 '딱 한 번만' '딱 한 번만 더' 하면서 위험한 일에 발을 담그게 됩니다. 돈을 두 배, 세 배 더 준다고 하면 유혹을 느끼게 돼요.

우리가 비법적이거나 비윤리적이라고 하는 일들을 처음부터 오래할 생각으로 시작한 사람은 거의 없습니다. 다들 돈이 급해서 '딱 한 번만'이라고 생각하면서 시작합니다. 그렇게 한몫 챙기면 그걸로 몇 달 지낼 것 같지만 그렇지 않습니다. 수입이 늘어나면 소비 욕구는 그보다 더 빠른 속도로 커져요.

소비 중독은 그런 위험이 도사리고 있습니다. 그래서 막다른 골목으로 치달을 때까지 버티지 말고, 문제라고 인식했을 때 당장 끊어야 합니다.

중독이 심해지면 사고방식도 바뀌게 돼요. 그래서 자기가 자기에게 속게 됩니다. 자기가 어떻게 변해가는지 스스로 점검한다는 것은 거의 불가능합니다. 그래서 지금 문제를 자각했을 때 딱 끊어야 합니다.

예를 들어 토끼를 사냥할 때 보면 토끼들이 주로

여름보다 겨울에 미끼를 잘 뭅니다. 그만큼 곤궁하기 때문이죠. 사람도 마찬가지여서 욕망에 굶주리면 마치 쥐가 쥐약이 든 음식을 먹듯이 큰 손실을 보는 줄도 모르고 욕망을 좇을 가능성이 높습니다. 즉 배고픈 사람을 상대할 땐 식량이 무기가 될 수 있고, 재물을 좋아하는 사람에게는 뇌물이 힘을 발휘하고, 권력욕이 강한 사람에게는 아부가 통합니다.

욕심에 눈이 어두워지면 올바른 선택을 못하게 됩니다. 올바른 선택을 하려면 욕구 충족을 어느 정도 포기해야 하는데, 눈앞의 당근만 보고 쉴새없이 달리기 때문이지요.

이제라도 멈춰 서서 내가 어디로 가고 있는지, 혹시 벼랑 끝을 향해 무작정 달려가고 있지는 않은지 돌아보아야 합니다. 🌱

욕구의 3단계:
욕구와 욕망
그리고 탐욕

사람은 각자 자기 욕구가 충족되어야 즐거워합니다. 자기가 하고 싶은 것을 해야 기분이 좋아요. 또 자기가 바라는 대로 세상이 돌아가야 만족해합니다. 욕구가 충족되면 행복하다고 느끼고, 욕구가 충족되지 못하면 불행하다고 느껴요.

이때 행복과 불행은 모두 욕구로부터 파생된 것입니다. 먹고 싶은 욕구, 입고 싶은 욕구, 가지고 싶은 욕구, 이기고 싶은 욕구 등등 욕구는 수도 없이 많습니다. 그런데 개인의 욕구가 모두 충족된다는 것은 현실적으로 이뤄질 수 없는 일입니다. 한 가정을 예로 들어도 아이들이든 남편이든 아내든 저마다 자기 마음대로 하면 가정은 풍비박산 나고, 결국에는 가족 구성원 모두가 고통을 겪게 돼요. 따라서 욕구를 좇는다는 것은 궁극적으로는 나 자신은 물론 다른 사람에게까지 큰 손해를 끼치게 됩니다.

그렇다고 욕구 자체가 다 나쁜 건 아니에요. 사람은 누구나 욕구를 갖고 있고, 욕구가 삶의 동력이 되기도 하니까요. 다만 욕구의 경계에 대한 이해가 필요합니다.

욕구에는 세 가지가 있습니다. 첫째는 생존적 욕구예요. 배고프면 먹으려 하고 졸리면 자려 하고 추우면 따뜻한 곳을 찾으려 하고 더우면 시원한 곳을 찾고자 하는 생존을 위한 기본적 욕구를 말합니다. 기본적 욕구는 충족되지 않으면 생존이 위협받기 때문에 개인적으로는 자신이 스스로 지켜내야 할 권리이고, 사회적으로도 이 욕구는 보장해주어야 합니다.

다음으로는 상대적 욕구인 욕망이 있습니다. '더 맛있는 것을 먹고 싶다' '남보다 더 많이 갖고 싶다' '더 높은 지위에 올라가고 싶다' '더 좋은 옷을 입고 싶다' '더 편하게 살고 싶다'와 같은 것은 상대적 욕구입니다. 이런 상대적 욕구는 비교에 의해서 생겨나는 욕구이기 때문에 어느 선까지라고 정할 수가 없습니다. 그래서 상대적 욕구인 욕망은 절제할 필요가 있습니다. 이 욕구는 끝까지 따라가봐도 영원히 충족될 수 없기 때문에 어느 정도 선에서 스스로 절제할 줄 알아야 하고, 사회적으로도 규제 장치가 마련되어야 합니다.

마지막으로 지나친 욕구인 탐욕입니다. 만약 과식을 했다면 입은 만족할지 몰라도 몸에는 나쁘잖아요. 과음을 했다, 과로를 했다, 이것은 다 탐욕이고, 탐욕은 자기를 해치는 행위입니다. 개인은 스스로 탐욕을 버림으로써 자신을 보호해야 하고, 사회는 개인의 탐욕을 규제해야 사회 전체를 보호할 수 있습니다.

　이렇듯 욕구는 단순히 개인적인 문제만이 아니라 사회적으로도 영향을 미치는 중요한 요인이기 때문에 보장과 절제, 규제 사이에서 적절한 조율이 필요합니다. 먼저 개인적 측면에서 생존적 욕구는 자기의 기본 권리이므로 권리 행사를 할 줄 알아야 하고, 상대적 욕구인 욕망은 끝이 없으므로 절제할 수 있어야 하고, 지나친 욕구인 탐욕은 버려야 합니다. 사회적 측면에서 생존적 욕구는 인간의 기본 권리이기 때문에 반드시 보장되어야 하고, 상대적 욕구인 욕망은 적절히 절제되어야 하고, 지나친 욕구인 탐욕은 반드시 규제를 해서 막아야 합니다.

　한 직장인이 검소하게 살고 싶지만 현실적인 어려움이 있다면서 이렇게 말했습니다.
　"전에는 돈도 많이 벌고 성공하는 삶을 추구했습

니다. 그러던 중 스님의 말씀을 듣고 이제라도 검소한 삶을 살고 싶다고 생각하게 되었습니다. 하지만 현실적으로 집안 경제를 꾸리고, 앞으로 결혼하게 되면 차나 집을 사는 것들도 고려하다보니 돈을 열심히 모아야 하지 않을까 해서 다시 돈에 집착하는 마음이 생깁니다."

먹고 싶은 것을 다 먹으면 건강에 좋습니까? 안 좋습니까? 음식 섭취는 몸에 좋으라고 먹는데, 맛있는 것과 몸에 좋은 것은 다를 때도 많아요. 입에는 맛있는데 몸에 안 좋은 음식이 있는가 하면, 입에는 쓴데 몸에는 좋은 음식도 있습니다. 몸을 생각하면 먹고 싶더라도 때로는 먹지 말아야 하고, 때로는 입맛이 없어 먹기 싫지만 먹어야 할 때도 있습니다. 음식을 먹는 것은 몸이 중심이 되어야지 입맛이 중심이 되면 안 됩니다.

옷을 입을 때에도 마찬가지예요. 옷이란 몸을 보호하기 위해 입는 겁니다. 추울 때에는 몸을 따뜻하게 하기 위해, 햇볕이 뜨거울 때에는 피부를 보호하기 위해 입습니다. 그런데 요즘 말하는 소위 값비싼 명품 옷을 입는 사람들 중에는 옷이 망가질까봐 지나치게 신경 쓰는 경우가 많은 것 같아요. 그러다보면 옷이 나를 보호하는 게 아니라 내가 옷을 보호하게 됩니다. 내가 옷의 종이 되는 거예요.

거주하는 집도 마찬가지입니다. 집 평수가 점점 커지고 가구나 귀중품들이 자꾸 늘어나면 집이 나를 지켜주는 게 아니라 내가 집을 지키게 됩니다. 집이 주인이 되고 내가 종이 되는 거예요. 소유하려는 욕망을 무작정 따라가다보면 자신도 모르게 이렇듯 주객이 전도되고 맙니다.

정신을 똑바로 차리지 않으면 어느 순간 나도 모르게 옷이며 음식이며 집이며 세상 모든 물건에 종노릇을 하게 됩니다. 그래서 욕망에 끌려가지 말고 깨어 있으라는 거예요.

젊은이가 취직해서 또는 사업을 해서 돈을 벌고 싶다고 생각하는 건 나쁜 것도 아니고 욕심도 아닙니다. 다만 월급이 얼마든 한 달에 얼마를 벌든 검소하게 사는 게 중요합니다. 또 검소하게 사는 게 돈을 모으는 길이에요. 적게 먹고 옷을 아껴 입고 대중교통을 이용하면서 친구들이 100만 원을 쓰면 나는 50만 원만 쓰면 됩니다.

인색하게 구두쇠가 되라는 게 아니라 딱히 필요한데가 아니면 쓰지 말라는 겁니다. 그렇게 검소하게 살면 저축이 늘어나겠지요. 그러니 검소하게 사는 것과 미래를 위해 돈을 모으는 것은 반대의 길이 아닙니다.

인생을 살아가는 데 타인의 기준에 따르는 게 아니라 자신의 가치관이 분명하게 서야 합니다. 차를 굳이 사지 않아도 된다고 생각한다면 세상 사람들이 다 차를 타고 다니더라도 걷거나 버스를 타고 다니면 돼요. 남이 사니까 나도 산다, 이럴 필요가 없습니다. 결혼을 할 때에도 키가 큰지 작은지, 인물이 잘생겼는지 못생겼는지를 따질 것이 아니라, 검소하게 사는 내 인생관을 함께 공유할 수 있는 사람인지를 알아봐야 합니다.

나와 생각이 다른 화려한 사람과 결혼하려면 비위를 맞춰야 하고, 비위를 맞추려면 없는 돈도 있는 척해야 하고, 허세도 부려야 합니다. 그래야 그 사람의 관심을 끌 수 있으니까요.

하지만 이것은 불행을 자초하는 길입니다. 따라서 자기 소신대로 살고 싶다면 그냥 내 인생관대로 살다가 평생을 함께하고 싶은 사람을 만나면 결혼을 하고, 그런 사람이 없으면 결혼을 안 해도 됩니다.

이런 마음가짐으로 살면 직업을 선택할 때도 돈 중심이 되지 않을 수 있고, 조금 더 벌려고 무리하면서 인생을 소모하지 않을 수 있습니다. 그러면 자신이 하고 싶은 일을 하면서 인생의 주인 노릇을 할 수 있습니다.

인생은 자기 좋을 대로, 자기 가치관대로 살면 됩니다. 하지만 많은 사람들이 함께 사는 세상이기에 지켜야 할 몇 가지 제한은 있습니다.

첫째, 누구나 다 자기 나름대로 살아가도 되지만, 남을 해칠 자유는 없습니다. 남을 죽이거나 때리지 말라는 거예요. 둘째, 누구나 다 자기 이익을 추구할 권리가 있지만, 남의 이익을 침해할 권리는 없어요. 남의 재물을 뺏거나 훔치지 말라는 겁니다. 셋째, 누구나 다 행복하고 사랑할 권리가 있지만, 남을 괴롭힐 권리는 없습니다. 강제로 성폭행하거나 성추행하지 말라는 거예요. 넷째, 누구나 다 마음껏 말할 자유가 있지만, 말로 남을 괴롭힐 자유는 없어요. 욕설을 하거나 거짓말을 하지 말라는 겁니다. 다섯째, 술 마실 자유는 있지만 술에 취해 주정하며 남을 괴롭힐 자유는 없습니다. 술을 먹고 취하지 말라는 거예요.

이렇게 다섯 가지 정도의 제약을 빼고는 사람은 다

자기 좋을 대로 살면 됩니다. 그게 뭐 어렵냐고 할지 모르지만 요즘은 자식을 한둘 정도 낳아 귀하게 키우다보니까 어릴 때부터 이런 기본적인 윤리를 가르치지 않아서 문제가 생기기도 합니다. 오늘날 학교 폭력문제도 결국은 남을 때리고 남의 물건을 빼앗고 남을 속이고 성추행 하는, 이 네 가지에 포함되잖아요.

그런데 요즘 부모들은 자식이 남을 해치거나 남에게 손해를 끼치는 행동을 해도 자기 아이 기죽인다고 대충 얼버무리는 경우가 있습니다. 그래놓고 성적이 떨어지면 야단을 칩니다. 그러면 아이들의 머릿속에는 '남을 해치거나 남에게 손해를 끼치는 것보다 공부를 못하는 것이 더 나쁘다'는 생각이 자리잡을 수 있어요.

따라서 가정과 사회에서 다른 사람에게 피해가 가지 않도록 욕구를 절제하는 기준을 세우고 가르칠 필요가 있습니다. 이것은 함께 사는 세상에서 너나없이 노력해야 할 부분입니다. ❧

개 인 은
씨   앗,
사 회 는   밭

지난 몇 년간 저는 즉문즉설을 통해 일관되게 개
인의 마음가짐이 중요하다고 강조해왔습니다. 그랬더
니 이렇게 반문하는 분이 있었습니다.

"스님 말씀처럼 나부터 변하려고 노력하면 결국 그
것이 모여 세상이 바뀐다는 논리도 필요하다고 생각
합니다. 그러나 당장 잘못된 시스템 때문에 억울한
이가 생기고 희생되는 사람이 생기며 더 나아가 그
것이 하나의 관행으로 굳어져서 잘못된 세상이 되
는데, 그것에 대해서는 아무런 문제제기 없이 개인만

반성하라고 말씀하신다면 그건 아닌 거 같습니다. 그들은 왜 자기반성을 하지 않습니까?"

어떤 환경에 처하든 우리는 살아야 합니다. 이때 부당한 현실을 무조건 수용하라는 것이 아니라 사는 동안 끊임없이 더 살기 좋은 사회를 만들기 위해 노력해야 합니다. 그러나 이 세상을 금방 뜯어 고칠 수는 없기 때문에 주어진 현실을 수용하면서, 다른 한편으로는 개선하려는 노력도 해야 한다는 뜻이에요.

제가 개인의 마음가짐이 중요하다고 강조한 이유는 우리가 남 탓, 환경 탓만 하지, 자기가 어떻게 할 것인가에 대한 책임의식이 너무 부족하기 때문입니다. 우리는 대부분 행복의 조건을 밖에서 찾습니다. 예를 들어 자식이 공부를 더 잘하고, 남편이 술을 덜 먹고, 아내가 바가지를 안 긁고, 세상이 바뀌어야 행복해진다고 생각해요. 그러나 내가 원한다고 해서 상대방이 바뀔까요? 내가 푸념하면 세상이 척척 변해주나요? 그렇게 해서는 안 바뀝니다.

그러면 나는 계속 괴로울 수밖에 없느냐? 아닙니다. 주어진 조건을 바꾸지 않고도 내가 조금만 마음가짐을 달리하면 서 있는 그 자리에서 자유롭고 행복해질 수가 있어요. 그래서 더이상 '누구 때문에'라고 남 탓하지 말고 내가 내 인생의 주인이 되어 자유롭고 행복하게 살아보자고 이야기해온 겁니다.

콩 한 움큼을 가져다 자갈밭에 뿌렸더니 2개가 살아 싹을 틔웠습니다. 이때 사람들은 보통 이렇게 말해요.

"봐라, 살 놈은 그래도 살지 않느냐!"

똑같이 콩 한 움큼을 가져다 기름진 밭에 뿌렸더니 2개가 죽고 나머지는 다 살았습니다. 이번에는 이런 반응을 보입니다.

"봐라, 죽을 놈은 죽지 않느냐?"

잘되든 못되든 전부 씨앗 탓으로 돌려요. 하지만

자갈밭과 기름진 밭에 각각 씨앗을 똑같이 100개씩 뿌렸는데, 자갈밭에서는 2개만 살고 기름진 밭에서는 98개가 살았다면 그건 환경에 따라 씨앗의 생존 확률이 달라진다는 이야기도 됩니다.

이처럼 농사가 잘되려면 씨앗이 좋아야 하지만, 밭도 좋아야 하는 거예요. 우리 삶에 빗대어보면 씨앗은 개인이고, 밭은 우리 사회라고 할 수 있습니다. 다시 말하면 개인의 수행은 좋은 씨앗을 만드는 것과 같고, 밭을 가꾸는 것은 좋은 사회를 만드는 것과 같아요.

이렇듯 개인이 행복하고, 사회 조건이 개선될 때 우리는 온전하게 행복해질 수 있습니다. 그래서 정의로운 사회, 복지사회를 만드는 것은 내 행복과 별개가 아니에요.

매년 1월에 인도 성지순례를 가면 늘 겪는 일이에요. 수백 명이 함께 다니는데, 똑같은 버스를 타고 똑같은 호텔에서 자고 똑같은 식당에서 밥을 먹어도 어떤 사람들은 내내 즐거워하고, 어떤 사람들은 힘들다고 울상입니다. 어쩌다 불편한 트럭을 타면 "언제 또 이런 걸 타보겠나" 하며 재미있어 하는 사람이 있는가 하면, "요즘 같은 세상에 이런 걸 어떻게 타느냐"며 불평불만을 늘어놓는 사람도 있어요.

반대로 똑같은 사람도 어떤 환경에 처하느냐에 따라 기분이 달라지기도 합니다. 새까만 연기가 피어오르고 소음이 심한 지역에 있을 때와, 공기 좋고 물 맑은 자연에 있을 때 기분은 사뭇 다르지요. 똑같은 사람이라도 어떤 환경에 놓이느냐에 따라 행복도가 달라질 수 있는 겁니다.

어차피 주어진 환경이라면 내 마음가짐을 바꿔 어제보다 오늘 조금 더 행복해지자고 노력하는 것이 바로 수행이에요. 예를 들면 술 좋아하는 남편과 살면서 20년 넘게 술 먹지 말라고 잔소리해도 변함이 없다면, 차라리 "그래, 실컷 먹어라" 이렇게 마음을 바꿔버리면 내가 덜 괴롭습니다. 술 먹는 남편은 그대로인데 내가 관점을 어떻게 두느냐에 따라 내 행복도가 달라지는 거예요.

그런데 남편이 매일같이 술을 먹는 것이 아무리 열심히 일해도 좀처럼 나아지지 않는 가정형편 때문이고, 그 원인이 사회구조적인 문제에 있을 수도 있습니다. 이런 경우에는 남편의 마음을 잘 헤아려서 이해하고 미워하지 않는 것도 중요하지만, 거기에서 더 나아가 남편이 술 먹을 일이 줄어들 수 있는 사회로 바뀌어야 합니다.

지금처럼 빈부격차가 심한 상황에서는 돈이 몰리는 일부 계층을 제외하면 대부분이 먹고살기가 갈수록 힘들어져요. 경제적인 면에서 삶의 질이 나빠지는 것도 있지만 상대적 빈곤감이 점점 커지기 때문이기도 합니다.

따라서 이런 양극화문제가 완화되면 사는 게 좀 나아지겠죠. 나나 남편이 마음가짐을 바꾸는 것은 개인이 알아서 할 일이지만, 빈부격차가 극심한 사회의 시스템을 바꾸는 것은 혼자서는 할 수 없어요. 사회를 구성하는 한 사람 한 사람이 함께 힘을 모아야 합니다.

행복은 살아가면서 일어나는 이런저런 문제에 내가 어떻게 대응하느냐 하는 삶의 자세와 주변 환경이 어떤가 하는 이 두 가지가 함께 맞물려서 오는 거예요. 행복이 오랫동안 꽃을 피우려면 개인이라는 씨앗과 사회라는 밭이 모두 건강해야 합니다. 개인과 사회는 행복이라는 수레를 끄는 두 바퀴라고 할 수 있기 때문입니다. ♥

사냥꾼 두 사람이
토끼 세 마리를
잡 았 다 면

우리는 일정한 몫을 두고 서로 더 많이 차지하려고 다투면서 대체 왜 함께 모여 사는 걸까요? 사람이 혼자 살지 않고 여럿이 모여 살게 된 건 그편이 좀 더 유리하기 때문이에요. 예를 들어 혼자서 사냥할 때는 종일 토끼 한 마리밖에 못 잡는데, 둘이 힘을 모으면 토끼 세 마리도 잡을 수 있으니까 협력하는 겁니다.

그런데 이렇게 협력하는 것이 늘 좋기만 한 것은 아니에요. 사냥을 할 때는 여럿이 함께하는 게 이익이지만 막상 사냥감을 나누려고 하면 분배 갈등이 생길 수 있기 때문이지요. 특히나 이익을 나눠 가져야 할 사람이 많아지면 갈등이 다양한 양상으로 나타납니다.

보통은 여럿이 모여 협력할 때 더 큰 이익이 돌아오지만 더러 혼자 일할 때보다 손해를 보는 사람도 생겨날 수 있어요. 노예제 사회에서의 노예가 대표적인 예입니다. 이런 식으로 손해보는 사람이 늘어나면 분노와 불만이 쌓이면서 그 사회는 병들기 시작합니다.

우리 사회는 한동안 경제를 이야기할 때 생산만 생각했습니다. 개인이 혼자서 수렵 채취할 때 경제는 생산만을 가리키는 게 맞아요. 분배 개념이 필요 없습니다. 하지만 둘 이상이 협력을 할 때는 생산만큼이나 분배가 아주 중요합니다.

그러면 이 분배를 어떻게 해야 하느냐? 기본적으

로 너 한 마리, 나 한 마리는 먼저 가지고 증산된 한 마리를 갖고 어떻게 나눌 것이냐의 문제입니다. 내가 가질 수 있는 최소는 한 마리이고, 최대는 세 마리가 아니라 두 마리라는 것입니다.

이때 '내가 한 마리를 갖겠다'는 것은 욕심이 아니에요. 이것은 기본 권리에 속합니다. 내가 한 마리 이상 두 마리 이하를 갖겠다는 것은 욕망입니다. 내가 두 마리 이상 세 마리를 갖겠다는 것은 과욕입니다. 과욕을 부리게 되면 상대에게도 손실이지만 나에게도 조만간 손실로 돌아옵니다.

그래서 개인적으로는 과욕을 버려야 하고, 사회제도적으로는 과욕을 못 부리게 규제를 해야 합니다. 특히 한 마리를 갖겠다고 하는 기본적 욕구는 제도적으로 보장을 해줘야 합니다.

만약 과욕을 규제하지 않거나 기본 권리를 보장해주지 않으면 다른 사람에게만 손해를 끼치는 것이 아니라 장기적으로는 나에게도 손해가 됩니다. 내가 세 마리를 다 갖고 싶어하면 상대편은 한 마리도 못 갖게 되잖아요. 그러면 상대는 손해를 봤기 때문에 다음부터는 협력을 안 하게 됩니다. 즉 내가 세 마리를 갖는 것은 오늘은 이익인데 내일의 이익은 유지될 수가 없어요. 협력은 오늘 하루로써 끝나버리는 겁니다.

따라서 분배를 할 때는 한 마리와 두 마리 사이에서 어떻게 적절하게 나눌 것이냐를 놓고 경쟁해야 합니다. 이상적인 것은 1.5마리를 갖는 것이지만, 현실적인 변수가 있습니다. 가령 오늘 토끼를 잡는데 상대는 게을렀고, 나는 열심히 일했는데 똑같이 나눈다면 기분이 나쁘거나 좀 섭섭해서 불평이 생길 수 있습니다.

그래서 이 분배는 1.2대 1.8이 될 수도 있고, 1.7대 1.3이 될 수도 있습니다. 이상적인 것은 1.5이지만 현실이 반드시 1.5가 되는 것은 아닙니다. 다만 1.5의 분배를 위해 노력해나가면 됩니다.

오늘날 우리 사회가 혼란스러운 것은 약자의 기본 권리를 보장해주지 않으면서 강자의 과욕마저도 규제하지 않기 때문입니다. 그래서 생존을 위협받는 사람들과 상대적 박탈감에 힘겨워하는 사람들이 많은 겁니다.

우리나라는 분배의 정의에 대한 사회적 합의를 모색해야 할 시기에 공교롭게도 신자유주의에 휩쓸리고 말았습니다. 외환위기 이후 신자유주의만이 살길이라고 여기고 무한경쟁에 돌입한 거예요. 신자유주의의 가장 두드러진 특징은 경쟁을 통한 승자독식입니다. 똑똑한 사람 한 명이 10만 명을 먹여 살릴수 있다는 인식이 대표적이에요. 이런 식으로 경쟁을 부추기면 어느 정도 생산성을 높일 수는 있겠지만 분명히 한계가 있습니다. 더군다나 소득 격차가 심해지면 사람들은 아예 일할 의욕을 잃어버려요. 사회 전체적으로 동력이 사라질 수 있습니다.

따라서 혼자서 토끼를 잡으면 한 마리는 잡을 수

있는데, 두 사람이 협력해 토끼 세 마리를 잡았다면 각자 적어도 한 마리는 갖되 두 마리가 넘지 않도록 분배가 이루어져야 공정하다고 할 수 있겠지요. 서로 기본적인 권리는 지켜주고 상대적 박탈감은 최소화 하는 선에서 합의를 이끌어내야 합니다.

만약 서로 더 갖겠다는 욕구를 100퍼센트 관철하려고 하면 공동체가 깨지고 말아요. 한 마리 반씩 나눠 갖는 것이 가장 이상적이지만 현실적으로 그것이 늘 정답은 아닐 수 있기 때문에 그때그때의 상황과 사회의 성숙도에 따라 조율해나가야 합니다. ❦

남 을
비 난 하 기
전 에 나 부 터

우리는 대체로 일은 조금 하고 수입은 많기를 원하고, 능력은 없어도 승진하기를 바라며, 공부는 못해도 좋은 대학에 가고 싶어합니다. 또 늦게 도착하고도 좋은 자리에 앉기를 원하고, 잘못을 저질러도 눈 감아주길 바랍니다.

그런데 입장을 바꿔놓고 생각해보면 어떨까요? 만약 다른 사람들이 일은 거의 안 하면서 돈만 많이 받아 챙기고, 능력도 없으면서 인사철만 되면 승진하며, 공부도 못하는 아이가 부정한 방법으로 좋은 대학에 입학했다고 하면 어떨까요? 저런 인간 때문에 내가 고생하고, 저런 애들 때문에 우리 애가 대학에 떨어졌다며 억울해하겠지요.

우리는 어떤 바람을 가질 때, 그것이 이루어지면 어느 한쪽이나 다른 누군가는 피해를 볼 수도 있다는 생각을 못합니다. 어쩌면 그런 생각을 하면서도 "세상살이가 다 그렇지 뭐" "나만 아니면 돼" 하면서 눈 질끈 감는지도 몰라요.

직장생활을 하다보면 회사가 시켜서 또는 승진하기 위해서는 불법적인 일도 거절하지 못하고 해야 할 때가 있고, 때로는 다른 사람을 밟고 올라가야 하는 경우도 있습니다. 인간으로서 그런 선택의 순간들이 너무 고통스럽다며 이렇게 묻는 분이 있었어요.

"뉴스를 보다보면 종종 기업에서 불법 비자금을 만들어서 뇌물을 준 것이 적발되어 문제가 되곤 하는데, 부끄럽게도 저희 회사도 그런 정책을 시행하고 있습니다. 저 또한 직원으로서 어쩔 수 없이 그런 정책을 따르고 있는데요. 이럴 때 제가 어떤 자세를 취하는 것이 현명하게 사는 길일까요?"

나와 가치관이 다르다고 반드시 다니던 회사를 그만두고 나올 필요는 없습니다. 회사에서 나가라고 할 때까지 다니면서 그 안에서 바른 길을 가면 돼요. 예를 들어 내가 그만둘지 말지를 결정하려고 하면 자꾸 망설이게 됩니다. 반면 회사에서 결정하게 두면 내가 고민할 필요가 없어져요.

그리고 자꾸 남에게 "너 잘못됐다" "너 글렀다" 하고 문제를 지적하니까 갈등이 생기는 거예요. 살다보면 어디나 문제가 있습니다. 다만 남을 비난하기 전에 나부터 그러지 않겠다고 결심하는 자세가 중요해요.

나는 돈을 얼마를 벌든 관계없이 비윤리적이고 불법적인 행동을 하면서까지 이 회사에 다니지는 않겠다고 결심을 하고 그렇게 행동하든지, 아니면 그런 결심을 못하고 남들 하는 대로 살 수밖에 없다면 거기서 오는 과보를 기꺼이 받으면 돼요.

내가 오늘 부당한 방법으로 경쟁회사를 짓밟으면 언젠가 나도 그렇게 짓밟힐 수 있습니다. 또 이렇게 회사에 충성했는데도 회사에서 불법으로 조성한 자금이 발각되면 그 책임을 혼자 뒤집어쓸 수도 있어요. 그런 과보가 따를 수 있다는 것을 미리 알고, 혹시 그런 일이 생기더라도 억울해하는 대신 내가 지은 인연 때문이니 과보를 달게 받으면 됩니다. 결국 길게 보면 지금 당장 잘나가는 것이 꼭 잘사는 길이 아님을 알 수 있어요.

과보를 받기 싫다면 지금부터 그런 인연을 짓지 않으면 됩니다. 그러고도 얼마든지 살 수 있어요. 제가 예전에 만났던 분이 토목업을 했는데 업무 특성상 거의 매일 술을 먹는다고 해요. 다리 놓고 도로도 만들려면 관계자들을 만나 술접대를 해야 일이 성사된다는 겁니다. 그런데 그분이 '깨달음의 장'을 다녀온 후 술을 딱 끊었어요. 나중에 하는 얘기가, 술 안 먹고도 일이 되더랍니다.

　우리는 무언가를 개선해보자고 하면 "현실적으로 어쩔 수 없다"는 말을 자주 합니다. 그런데 대개가 해보지도 않고 지레짐작해서 하는 경우가 많아요. 술을 안 먹고 어떻게 사업을 하느냐고 하지만 가능합니다. 예를 들어 원치 않는 술자리가 만들어져 어쩔 수 없이 술자리에 가더라도 술을 마시지 않을 수도 있고, 먹는 척만 하고 안 먹을 수도 있어요. 또 아예 술자리에 안 가고도 얼마든지 일할 수 있습니다. 처음에야 남보다 공사를 적게 따고 불이익을 당할 수도 있지만 실력만 있다면 다 방법이 있어요.

　물론 술 권하는 회사에서는 직원이 술자리를 피하면 "회식 잡았는데 어디 가느냐?" "분위기 파악 못한다"고 문제삼을 수도 있습니다. 그런데 처음부터 "저는 술을 안 마시겠습니다" 하고 원칙을 정해서 하늘이 두 쪽 나도 지키면 결국에는 인정을 받습니다.

그리고 회식에 좀 빠지더라도 "동료 여러분, 선배님들, 후배님들, 양해를 좀 해주십시오" 하고 얘기하면 크게 미움받지 않아요. 내 원칙 때문에 조직의 분위기에 못 따라주었으니 "아이고, 죄송합니다" 하면서 1년쯤 버티면 저절로 교통정리가 됩니다.

그런데 무슨 모임만 있으면 자기 볼일 본다고 미꾸라지처럼 싹싹 빠지고, 승진할 때가 되면 먼저 올라가려고 이리저리 기웃대며 폼 잡으면 미움을 삽니다. 승진할 기회가 있을 때 "자네 먼저 가게" "선배님 먼저 올라가십시오" 하고 말하고, 상사에게는 "저분 먼저 올려주십시오. 저는 다음에 천천히 올라가겠습니다. 저는 아직 젊으니까요" 하고 말하면 직장생활에 아무 문제가 없어요.

물론 처음에는 엄청난 저항이 따를 겁니다. "이렇게 직장생활하려면 회사 그만둬라" "승진에 불이익을 당한다" 등등 별의별 얘기가 다 나올지도 몰라요. 그래도 나만 포기하지 않고 계속 지켜나가면 주위 인연이 바뀌면서 질서가 생기게 됩니다. 시간이 지나면 주위에서도 인정하고 이해해주는데, 오히려 내가 먼저 못 견디고 포기해서 문제지요.

인생을 행복하게 사는 것이 돈과 출세보다도 더 중요하다면 두려울 게 없어야 합니다. 이때 어느 정도 손실과 비난은 감수해야 해요. 그런데 그게 잘 안 되지요. 대체로 도중에 포기하고 맙니다. 그건 자기 삶의 원칙이 분명하지 않기 때문이에요.

또 내 마음이 흔들리니까 자꾸 그 비난이 귀에 들어오는 거예요. 우리는 남의 얘기를 귀담아 듣기도 해야 되지만 너무 구애받을 필요는 없습니다. 남의 얘기에 자꾸 신경 쓰는 건 비난을 받기 싫기 때문이에요. 비난받기 싫어서 늘 남한테 잘 보이려고 하는 겁니다.

이 세상에 태어나서 작은 이익을 갖고 죽기살기로 경쟁하다가 어느 날 덜컥 큰 병에 걸린 사실을 알게 되거나, 젊음을 바쳐 충성한 회사에서 예고도 없이 밀려나면 얼마나 분하고 억울하겠습니까.

'지난 세월 나는 뭘 위해 살았나?'

이렇게 허무한 마음이 들 수 있습니다. 따라서 이 것은 절대로 잘사는 길이 아니에요.

진심으로 뇌물을 주는 관행이 옳지 않다고 여긴다면 거부해보세요. 또 술자리가 전혀 유익하지 않다고 느껴지면 요령껏 피하는 것도 방법입니다. 그 대신 청소할 일이 있을 때는 제일 먼저 나서서 하고, 궂은일을 찾아서 하고, 승진에 욕심을 내지 않으면 동료들이 미워하지 않습니다. 내 원칙은 지키되 다른 부차적인 것들은 양보하고, 사람들이 꺼리는 일을 거들어주면 지지자가 생기게 마련이에요.

모순된 현실을 극복하고 다 함께 행복해지는 길로 가려고 할 때는 나부터 먼저 해본다는 마음을 가져야 합니다. 남을 비난하기 전에 나부터 시작하면 삶에 희망이 보이고 의미가 생길 겁니다. 🌱

나도 행복하고
남도 이롭게
하 는 길

'내가 행복해지기 위해서는 누군가 불행해져야 할 뿐만 아니라, 그렇게 해서 얻는 행복도 영원할 수는 없다. 도대체 진정한 행복이란 무엇일까? 우리가 다 함께 행복해질 수는 없을까?'

2,600년 전 부처님은 출가하시기 전에 이런 의문 속에서 회의와 번민을 거듭하다 소유욕에 기반을 둔 삶의 방향이 잘못되었음을 깨닫게 됩니다. 즉 끝없이 소유하려는 목표를 갖고 있는 한 우리가 다 함께 행복해질 수는 없다는 사실을 발견한 거예요.

우리는 누구나 행복하기 위해 열심히 살아갑니다. 하지만 그 행복이 욕망에 뿌리를 두고 있는 한 쏟아부은 모든 노력이 결국은 불행으로 돌아올 수밖에 없는 기막힌 모순 속에 살고 있습니다.

이제부터라도 내 욕망만을 채우기 위해 애쓰는 삶이 아니라 나도 좋고 남도 좋은 삶을 살아야 합니다. 나는 좋은데 상대는 손해인 것은 상대가 가만히 있지 않습니다. 이 좋음은 오래 지속이 될 수가 없습니다. 상대한테는 좋은데 내가 희생하면 내가 오래 참지 못해요. 따라서 나도 좋고 남도 좋고, 나도 행복하고 남도 더불어 행복해질 수 있는 길만이 이 행복을 지속시킬 수 있습니다. 그러므로 그런 사회적 토대를 만드는 노력을 함께해야 합니다.

그런데 나도 좋고 남도 좋은 삶을 살려면 지혜와 용기가 필요해요. 예를 들면 회사에서 늘 긍정적으로 생활하면서도 부당한 관행을 보는 순간에는 "부장님, 이거 안 됩니다" 하고 말할 수 있어야 합니다.

궂은일에 묵묵히 솔선수범하면서도 중요한 순간에는 삶의 원칙을 지키는 사람이 되어야 해요.

한 직장인이 회사 내에 존재하는 비정규직 차별에 대해 어떻게 대처해야 하는지 물었습니다.

"저희 팀만 해도 서른 명 중에 정규직은 다섯 명 정도고 나머지는 비정규직인 계약직 직원들입니다. 정규직과 계약직은 급여나 대우 등 모든 면에서 차별이 많습니다. 그렇다보니 계약직 직원들을 대하는 제 마음이 편하지 않습니다. 일을 시켜도 미안한 마음이 먼저 들고요. 얼마 후 재계약 시기가 오면 그들 중 일부는 직장을 떠나야 할지 모릅니다. 계약을 종료하고 사람들을 집으로 돌려보내는 역할을 제가 해야 하는데, 마음이 무겁습니다."

직장을 그만둘 것이 아니라면 지금 하고 있는 일이 썩 마음에 들지 않는다 해도 주어진 일을 무조건 외면하는 것은 옳지 않습니다. 똑같이 일하고도 차별받는 사람이 옆에 있으면 물론 마음이 편하지 않겠지요. 그러나 그것이 현 사회의 시스템이기 때문에 내가 갑자기 일시에 개선할 수는 없을 겁니다.

어차피 내게 주어진 임무라면 회사의 방침을 사람들에게 솔직하게 털어놓는 수밖에 없습니다. 그리고 되도록 공정하게 일을 처리하는 것이 그나마 최선이 될 거예요. 그러고도 사람들의 원망을 피할 수 없을 때는 원망을 듣지 않으려고 도망가지 말고 기꺼이 원망을 듣겠다는 마음을 내야 합니다.

또한 아직 몇 달이나 남은 일을 미리 두려워하고 걱정할 게 아니라, 그 에너지로 한 명이라도 덜 자를 수 있는 방법은 무엇일까 연구하는 것이 더 낫습니다. 작업 능률을 높이든지, 함께 일하는 직원 중 한 사람이라도 더 재계약을 할 수 있게 참신한 아이디어를 내놓는 게 더 낫겠지요. 지금처럼 걱정할 시간이 있다면 말이지요.

우리가 살고 있는 이 세상은 불평등한 세상입니다. 하지만 우리는 가능한 한 평등해지도록 노력해야 합니다. 그것이 '진보'일 터이고요. 그러나 현실의 불평등 또한 인정해야 합니다. 현실의 불평등을 인정하지 않고 평등만을 주장하면 그것은 '이상理想'이 돼버립니다. 그러면 현실에 발을 못 붙이게 돼요. 반대로 현실의 불평등만 인정하고 미래의 평등을 지향하는 노력 없이 현실에 안주하게 되면 우리 인생과 세상은 발전하지 못합니다.

그래서 내 두 발은 비록 불평등한 현실일지라도 늘 그곳을 딛고 있어야 하고, 내가 나아가야 할 목표는 평등의 세계를 향해야 합니다. 그러면 나는 이 불평등한 현실에서 한 발 한 발 평등한 세상으로 나아가는 과정에 놓이게 됩니다. 이런 관점을 가져야 꿈이 있으면서도 현실적인 인간이 될 수 있어요. 더 나아가 현실 속에서 꿈을 실현하는 사람이 될 수 있습니다.

현재 주어진 조건은 우선 받아들이고, 거기서부터 출발해 비정규직이라고 차별받지 않는 회사를 만들기 위해 어떤 과정을 밟아나갈까를 연구하는 것이 현실 속에서 꿈을 실현해가는 겁니다.

예를 들어 과거에는 남녀 사이에도 월급 차이가 나는 성차별이 있었잖아요. 그런데 그걸 당연하게 받아들이지 않고 꾸준히 노력해서 지금 차별이 많이 줄어든 것처럼, 정규직과 비정규직 간에 많은 문제가 있다면 지금 당장 고칠 수 없다고 외면하거나 실망하지 말고, 앞으로 어떻게 개선해나갈지를 과제로 삼고 꾸준히 연구해나갈 때 희망이 있고 발전이 있습니다.

그러나 누가 뭐라 해도 자기 인생을 행복하게 사는 게 먼저입니다. 그런 다음 사회 변화를 위한 활동을 할 때 파급효과가 커져요. 생글생글 웃으면서 항상 긍정적으로 생각하고 사람들과 잘 어울리면서 사회운동도 하고 구호도 외치면 지지하는 사람들이 많아집니다.

그런데 우리가 세상을 좀더 따뜻하게 만들어보겠다고 노력한다고 해서 성과가 금세 나타나는 건 아니에요. 우리는 뭔가를 시작하면 그것에 대한 결과가 바로 나타나길 바라지만 세상은 그렇게 돌아가지 않습니다. 노력을 해서 될 수도 있고 안 될 수도 있어요. 되면 다행이고 안 되면 다시 연구를 해서 도전하면 됩니다. 부단히 노력해도 안 되면 그때는 포기하고 다른 걸 하면 돼요.

다만 한 가지 기억할 것은 무슨 일을 하든 남을 위하고 사회를 위한다는 생각이 아니라 '나에게는 이 일이 보람이 있고 재미가 있다'는 마음으로 시작해야 한다는 겁니다. 그래야 결과에 상관없이 행복할 수 있습니다. 성공하면 성공해서 좋고, 설사 성공하지 못한다고 해도 일하는 동안 즐거웠으니 그 또한 괜찮은 거예요.

성공을 못하면 실패라고 생각하는데 꼭 그렇지도

않아요. 실패란 건 없습니다. 내가 어떤 일을 시작해서 두 단을 만들어놓고 죽으면 다음에 내 후배나 후손들이 이어서 또 단을 쌓고, 그다음에 또 누가 와서 단을 더 올리면 되는 겁니다.

변화를 가져오려면 시간이 걸립니다. 목표를 좀더 근원적으로 세우면 시간이 더 오래 걸리고, 목표를 낮게 잡으면 당장 내일이라도 실현할 수 있습니다.

내가 시작했으니 내 눈으로 끝을 봐야겠다는 것은 욕심입니다. 내가 시작한 일이 아니라고 신경을 덜 쓰거나 외면해버리는 것도 결국은 자기 욕심을 버리지 못하는 거예요.

좋은 일을 한다고 위대하게 생각할 것도 없고, 너무 많은 의미를 부여할 것도 없습니다. 가볍게 생각해야 결과에 상관없이 행복할 수 있어요.

세상에서는 남을 위하는 마음을 '이타심'이라고 해서 무조건 좋게 평가하지만, 남을 위해 애쓴다고 생각하면 나중에 반드시 보상심리가 생기고 원망하는 마음을 내게 됩니다.

따라서 희생보다 더 좋은 것은 '내가 너를 돕는 것이 나한테 좋다'는 마음가짐이에요. 이것을 '자리이타自利利他'라고 부릅니다. 자기를 이롭게 하는 '자리'와 남을 이롭게 하는 '이타'가 둘이 아니라는 뜻입니다.

꽃은 벌에게 꿀을 주고, 벌은 꽃가루를 옮겨 꽃이 열매를 맺게 해주잖아요. 이렇게 너도 좋고 나도 좋은 삶을 살아야 합니다. 희생이라는 생각 없이 남을 돕는 게 나에게도 좋을 때 함께 행복해지는 길을 가는 겁니다. ❦

5

어 제 보 다
오 늘 　 더
행복해지는 연습

인생을 살다보면 온갖 일이 다 생겨요.
사람이 죽기도 하고 파산하여 모든 돈을 다 잃기도 하고
엄청나게 배려해줬는데 뒤통수를 맞기도 합니다.
그러나 저절로 일어나는 일은 아무것도 없어요.
그렇다고 신의 뜻도 아니고 전생의 죄 때문도 아니고
우연히 일어난 일도 아니에요.
단지 내가 그 일의 원인을 모를 뿐입니다.

날씨도 마찬가지예요.
여름에 우박이 떨어지기도 하고,
겨울이 봄처럼 따뜻할 때도 있고,
여름이 가을처럼 서늘할 때도 있어요.
그러나 평균적으로 볼 때 여름은
조금 덥고 겨울은 조금 춥듯이,
좋은 마음을 갖고 살면 좋은 일이 생길 확률이 높고,
나쁜 마음을 갖고 살면 나쁜 일이 생길 확률이 높아집니다.

그러니 어떤 문제가 생겼을 때는
이미 일어나버린 일은 일단 인정하고
받아들이는 마음가짐이 문제해결의 시작이에요.

이미 지은 인연의 과보는 기꺼이 받아들이되
그 과보가 싫다면
다시는 그런 인연을 짓지 말아야 합니다.
그다음에는 그렇게 될 수밖에 없었던
원인을 찾아서 제거해나가야 해요.

우리가 살면서 직면하게 되는 문제를 외면하지 않고
관심을 기울여 상황을 파악하고
원인을 규명하여 해답을 찾아간다면
문제는 시련이 아니라
하나의 도전으로 바뀌게 됩니다.

시비분별의
마 음 을
내 려 놓 고

우리는 흔히 '이것은 옳고 저것은 틀리다' '나는 맞고 너는 그르다'는 분별의 관점으로 세상을 봅니다. 그래서 늘 시시비비에 끌려다니고, 자꾸 경계를 지어서 스스로를 답답하게 묶어놓지요.

그런데 화단에 피어 있는 꽃들을 보세요. 형형색색으로 예쁘게 피어 있는 꽃들은 서로의 아름다움을 시비하거나 경쟁하지 않습니다. 만약 그 꽃들을 보면서 '장미는 진짜 예쁜데 채송화는 왜 저렇게 못났을까?' 하는 생각이 든다면 그 한 생각으로 그치지 않고 수많은 번뇌가 줄지어 일어납니다.

'전생에 복을 많이 지으면 장미꽃이 되고 못된 짓을 많이 하면 채송화가 되나보다.'

그런 분별에 따라 '전생'이라고도 하고, '사주팔자'라고도 하고, 하늘이 내린 '벌'이라고도 이름 붙이는 거예요. 그러나 장미는 다만 장미일 뿐이고, 채송화는 다만 채송화일 뿐이에요. 거기에는 어떤 의미도 없고, 좋고 나쁨의 차이도 없습니다.

세상에는 장미를 좋아하는 사람도 있고, 채송화를 좋아하는 사람도 있고, 진달래를 좋아하는 사람도 있어요. 사람의 기호와 취향이란 천차만별입니다. 그러니 남의 취향을 갖고 좋다, 나쁘다 할 게 없어요. 다만 '저 사람은 저걸 좋아하고, 이 사람은 이걸 좋아하는구나' 하고 차이를 발견하는 것으로 받아들이면, 마음이 불편할 일이 없고 갈등하고 싸울 일도 없습니다.

구글에 초청받아 강연을 하는데, 한 직원이 이렇게

물었어요.

"최근 들어 부쩍 복잡하고 이해하기 어려운 문제들이 많이 벌어지는 것 같습니다. IS(수니파 이슬람 극단주의 무장단체) 사태부터 중동의 분쟁, 그리고 에볼라 발생까지, 마치 온 우주가 마지막에 다가가고 있는 것 같습니다. 도대체 무슨 일인 걸까요?"

이런 일들은 오래전부터 있어왔고, 앞으로도 계속 있을 겁니다. 세상은 하나도 복잡하지 않아요. 다만 내 머리로 이 세상의 변화가 이해가 안 되니까 세상이 복잡하게 느껴질 뿐입니다.

가령 IS 문제는 위기에 몰렸을 때 약자가 보이는 저항의 모습이에요. 따라서 해법은 어렵지 않습니다. 억울함을 풀어주면 해소가 돼요. 그런데 힘으로 억압하려고만 하니까 잠잠해진 것 같다가도 다시 일어나고, 수그러든 것 같다가도 다시 확산되는 거예요. 조금 다른 방식의 접근이 필요한데, 국가와 국가가 대립할 때와 같이 힘으로 해결하려고 하니까 문제가 풀리지 않는 겁니다. 대응을 달리해야 해요.

인간의 심리를 먼저 이해할 필요가 있습니다. 우리가 볼 때는 얼토당토않지만 그들이 무슨 생각으로 저렇게 행동하는지 연구해봐야 합니다. 그렇지 않고 감정에 치우쳐서 '눈에는 눈, 이에는 이'라면서 똑같이 힘으로 대응하면 문제가 오히려 악화됩니다.

"네가 와서 무릎을 꿇고 빌어라. 그래야만 대화를 하겠다."

이렇게 나온다면 그건 대화를 하려는 올바른 태도가 아니에요. 정말로 대화를 나눌 의지가 있으면 일단 테이블에 조건 없이 앉는 겁니다. 그런 다음에 사과를 요구해야지, 사과를 먼저 해야만 대화를 하겠다고 하는 건 대화할 의지가 없는 거예요.

그리고 협상에서는 항상 유리한 쪽, 조금이라도 더 힘이 있는 쪽에서 먼저 양보를 해야 실마리가 풀립니다. 테러조직이나 깡패조직도 살살 회유를 해야지, 전쟁을 선포하고 몰아붙이면 끝까지 저항하잖아요.

강자가 약자에게 조금 숙이고 들어가면 양보이고 포용이지만, 약자가 숙이면 그건 굴복이고 굴욕이기 때문에 그렇습니다. 따라서 정말로 문제를 해결하고 싶으면 강한 쪽에서 뭔가 대승적으로 양보의 조치를 취해야 합니다.

각종 분쟁이 일어나기까지 비극의 씨앗이 언제 뿌려졌는지는 알 수 없습니다. 다만 우리가 기억해야 할 것은 드러난 현상만 가지고 상대를 단죄하려는 것은 문제를 근본적으로 해결하는 데 도움이 안 된다는 사실이에요. 진정한 평화는 상대의 고유성과 특성을 이해하고 인정할 때 찾아옵니다.

현실을 인정하고 그 현실 위에 더 긍정적으로 갈 수 있는 시스템을 만들어가는 것이 갈등을 해소하고 세상을 조화롭게 합니다. 이미 벌어진 일이 내 도덕적 기준에 합당한지 아닌지 분별하는 것은 그다음 일이에요.

세상의 분노는 상당 부분 이 순서를 뒤집어서 생

각하기 때문에 생기는 겁니다. 이미 일어난 현실을 인정하고 이해하려고 하기보다, 내 기준을 고집하면서 옳고 그름을 따지려고 드니까 시비가 붙고 다툼이 벌어지고 화가 나는 거예요.

이것은 개인의 경우도 마찬가지입니다. 복잡한 버스 안에서 어떤 사람이 갑자기 내 뺨을 때렸다고 가정해봅시다. 가장 먼저 분하고 억울한 마음이 들겠지요. 그런데 나중에 알고보니 내가 그 사람의 발을 밟아 그의 발가락이 부러진 걸 안다면 뺨을 한 대 맞고도 "아이고, 죄송합니다" 하고 사과할 겁니다. 하지만 남의 발을 밟은 줄 모르면 억울하고 분하기만 할 거예요.

자기가 지은 인연을 알지 못할 때는 "왜 내 뺨을 때리나?" 하고 화를 불끈 내게 되고, 그러면 상대방은 더 화가 나서 싸움이 커지게 됩니다.

이때 지혜롭게 대처하는 길은 모든 시비분별을 내

려놓고 안으로 돌이켜 내가 지은 인연을 살펴보는 거예요. '나만 옳다'고 고집해서 상대를 내쳤던 것이 상대에게 고통을 주고 화를 불러온 것은 아닌지를 돌아보는 겁니다.

개인문제든 사회문제든 먼저 자기 자신에게서 원인을 찾아야 진전이 있지, 남만 탓해서는 해결의 실마리를 찾기 어려워요. 설사 근본 원인을 찾지 못한다 해도 감정적으로 맞대응하지 않는 것이 더 큰 화를 피하는 방법입니다. 쉽지는 않겠지만 감정을 뛰어넘는 선택을 할 수 있어야 합니다.

그렇다고 억울한 일을 당하고도 전부 내 문제로 껴안거나 무조건 참으라는 의미는 아니에요. 감정에 치우쳐 문제의 본질을 놓치지 말라는 뜻입니다.

내가 억울한 일을 당했으니 똑같이 되갚아주겠다는 생각은 원수가 원수를 낳고 폭력이 폭력을 부르기 때문에 절대 내가 이기는 길도 아니고 문제해결을 위한 올바른 길도 아니에요.

억울함을 밝힐 때는 모든 시비분별을 내려놓고 더는 나와 같은 피해자가 나오지 않기를 바라는 마음으로 시작해야 합니다. 그리고 문제를 밝힐 때는 철저하게 밝혀야 합니다. 어떤 유혹과 회유에도 흔들리지 않아야 해요. 그래서 용기가 필요하고 지혜가 필요합니다.

그러나 분한 마음에서 시작하면 그건 개인적인 보복에 지나지 않기 때문에 누가 거들어줄 수도 없어요. 외롭고 고통스러운 싸움이 될 뿐이에요.

미워하고 원망하는 감정을 내려놓고 우리가 사는 세상, 우리 아이들이 살아갈 세상을 위해 꼭 풀어야 할 숙제라는 생각으로 나서면 이건 내 문제면서 동시에 우리의 문제가 됩니다. 그래서 공감하고 지지해주는 이들이 생겨나요. 그러면 그 과정에서 자기 자신의 고통도 치유되고 세상도 이롭게 만드는 변화가 일어나게 됩니다. 🌷

통찰력, 고통에서 벗어나 사물의 전모를 보는 지혜

우리는 어떤 사물을 볼 때 주로 한 측면만 봅니다. 내 입장에서, 부모 입장에서, 한국 사람 입장에서만 봐요. 그래놓고 사물의 전모를 안다고 착각합니다. 이것이 결국은 편견인데, 당사자는 소신이라고 말하지요.

제가 법문을 할 때 듣는 사람이 고개를 끄덕이며 "아이고, 스님 말이 옳아요" 하면 제 말을 이해했다는 뜻일까요? 반대로 고개를 저으며 "에잇, 아니에요" 하는 사람은 제 말을 이해하지 못해서 그런 걸까요? 그렇지 않습니다. 고개를 끄덕이는 사람은 제 의견이 자기 생각과 같다는 뜻이고, 고개를 젓는 사람은 저와 생각이 다르다는 뜻이에요.

결국 우리는 제 나름대로 소신이라고 믿는 각자의 편견으로 세상을 봅니다. 그리고 그 편견에 비친 세상을 옳다, 그르다 판단해요. 마치 자기만의 색안경을 끼고 세상을 보면서 제 눈에 보이는 빨간색, 파란색, 노란색의 색깔이 진짜라고 우기는 것과 같습니다. 장님이 코끼리의 일부분만 더듬어보고 코끼리가 그렇게 생겼다고 착각하는 것과도 같아요. 마치 다리를 만져보고는 코끼리가 기둥같이 생겼다고 하고, 코를 만져보고는 뱀같이 생겼다고 말하는 것과 같습니다.

이렇듯 우리는 늘 자기 주위의 좁은 범위만을 보고 또 자신의 입장에서 세상을 보고 '이것이 진리다' '이것이 정의다'라고 말합니다. 자기만 보니까 자식도 보이지 않고, 부모도 보이지 않고, 아내도 남편도 보이지 않게 됩니다. 우리집만 보니까 이웃집이 보이지 않고, 우리나라만 보니까 남의 나라가 보이지 않습니다. 내 종교만 보니까 이웃 종교가 보이지 않아요. 그래서 우리는 늘 한 측면만 고집하면서 내가 옳다고 주장합니다.

제가 많은 분들의 질문에 해답을 드리는 것 같지만, 사실은 그렇지 않습니다. 다른 관점에서 한번 살펴보라고 말하는 것뿐이에요. 앞면만 보는 사람에게 "뒷면은 어때요?"라고 묻고, 이쪽만 보는 사람에게 "저쪽 면은 어때요?" 묻고, 윗면만 보는 사람에게 "아랫면은 어때요?" 하고 묻는 것뿐입니다. 이것을 '총체적으로 본다'고 합니다. 사물의 한 단면만 보는 것을 편견이라고 하고, 총체적으로 보는 것을 통찰력 또는 지혜라고 합니다.

어느 한쪽만을 바라보며 '이것이다'라고 움켜쥐고

있던 것을 놓음으로써 자기가 문제삼던 것이 문제가 안 된다는 것을 알게 되는 거예요. 이렇게 사물의 전모를 볼 줄 아는 지혜가 생기면 우리가 갖고 있던 많은 고뇌가 저절로 없어집니다. 마치 어두운 방에 등불을 켜면 어둠이 사라지는 것과 같아요.

그래서 깨달음이라는 것은 한 측면만 보는 것, 장님 코끼리 만지기 식의 편견을 극복하고 두 눈을 뜨고 전체를 보는 겁니다. 나와 남을 같이 보고, 우리 집과 이웃집을 같이 보고, 내 종교와 네 종교를 같이 보고, 내 나라와 네 나라를 같이 보고, 남과 북을 같이 보는 것이 깨달음이에요. 전체를 봄으로써 진실을 바로 볼 수 있기 때문에 바른 길로 나아갈 수 있습니다.

어느 날 한 청년이 우리가 사는 세상이 너무 불평등한 것 같다며 이렇게 물었습니다.

"저는 왜 키가 170센티미터밖에 안 되고, 이렇게

못생겼을까요? 키가 180센티미터가 넘고 얼굴까지 잘생긴 사람들도 많은데 말이죠. 그리고 세상에는 왜 많이 가진 자와 못 가진 자가 있고, 행복한 사람과 불행한 사람이 있는 건가요? 이게 세상의 법칙인가요? 하느님과 부처님이 말씀하신 세상이 바로 이런 세상인가요?"

우리는 왜 자신이 가진 조건이 불평등하다고 느낄까요? 남자에게는 특권이 주어지고 여자에게는 억압이 주어지는 세상에서 여자로 태어난다면 '왜 내가 여자로 태어났나' 하면서 억울한 마음이 들겠지요.

하지만 본질적으로 여자로 태어나고 남자로 태어나는 것에 좋고 나쁨의 차이가 있는 건 아닙니다. 다만 그 사회가 남자에게는 특권을 주고 여자는 상대적으로 억압하니까 '나는 왜 여자로 태어났나' 하고 불만을 갖게 되는 거예요. 여자는 남자가 누리는 특권을 가질 수 없기 때문이죠.

남녀를 구분해 남자에게만 특권을 주는 관행이 없

어지면 이런 의문 자체가 생기지 않을 겁니다. 따라서 남녀를 차별하는 사회가 문제지, 여자로 태어난 것 자체는 잘못된 것도 아니고 불평등한 것도 아니에요.

간혹 장애인들이 자기 신세를 한탄하는 것도 이 사회가 장애를 가진 사람에게 불편을 주거나 불이익을 주기 때문이지, 장애 자체는 잘못도 아니고 징벌도 아닙니다. 전생에 복을 많이 지은 사람이 부자로 태어난다는 말도 자신의 부를 합리화하는 지배자의 논리에 불과해요.

지금까지 종교에서 사람들이 처한 여러 현실문제를 두고 "하느님을 안 믿어서 그렇다" "전생에 죄를 많이 지어서 그렇다"는 식으로 잘못된 가르침을 전파해온 측면이 없지 않습니다. 그러나 예수님과 부처님은 남녀를 차별하지 말라고 가르치셨어요. 또 장애를 가졌다는 이유로 사람을 차별해서는 안 된다고 가르치셨습니다. 피부 색깔로 사람을 차별하지 말라고도 가르치셨어요.

　지금 우리 사회는 키가 큰 사람이 멋지다고 생각하니까 상대적으로 작은 사람은 뭔가 부족한 '열등한 사람'으로 인식합니다. 그러나 키가 큰 것은 큰 대로, 키가 작은 것은 작은 대로 의미가 있어요. 커서 잘할 수 있는 게 있고 작아서 잘할 수 있는 게 있습니다. 저 사람은 키가 좀 크고 이 사람은 키가 좀 작다면 '서로 키가 다르다'가 진리예요. 그런데 저 사람은 키가 커서 멋있고, 이 사람은 키가 작아서 멋이 없다고 하는 것은 그 사람의 인식이 그런 것이지, 사실이 아닙니다.

　코끼리는 복이 많아서 덩치가 크고, 쥐는 죄가 많아서 작게 태어난 것이 아니에요. 자연에는 불평등이 없습니다. 뱀이 개구리를 잡아먹는다고 개구리는 잘못 태어나고 뱀이 더 좋게 태어난 게 아니에요. 종이 다를 뿐이에요.

시대적으로도 양반과 상놈의 차별이 없어지니까 '나는 왜 상놈으로 태어났나' 하는 생각이 없어졌잖아요. 그런 점에서 '작은 것이 아름답다'와 같은 혁명적인 사고가 필요합니다. 도대체 키가 작은 것이 뭐가 문제가 되나요? 환경적 측면에서 봤을 때도 작은 것은 좋은 점이 많아요. 옷감이 적게 들고, 침대가 작아도 되고, 소비를 적게 하니 자원과 에너지 절약에 도움이 됩니다.

이렇듯 우리가 믿고 있는 가치가 과연 진리인지 따져봐야 해요. 편견을 가지고 사물을 바라보면 마치 깜깜한 방에서 손으로 더듬어 물건을 찾는 것과 비슷합니다. 찾다가 부딪쳐 넘어질 수도 있고 결정적으로 목표물을 못 찾거나 엉뚱한 것을 가지고 찾았다고 착각할 수가 있어요. 그런데 불을 켜고 사실을 보게 된다면 "아, 저기 있었네" 하고 금방 알 수 있습니다.

이처럼 통찰력을 갖게 되면 세상만물을 있는 그대

로 볼 수 있어요. 그러면 이게 옳은가 그른가, 이래야 하나 저래야 하나 갈팡질팡하던 마음이 금세 가벼워집니다. 어두웠던 마음이 금방 밝아져요.

따라서 우리는 이 사회에 고정관념으로 자리잡은 지식과 정보에 연연하기보다 사물의 전모를 보는 지혜를 키워야 합니다. 그러면 주변 조건의 노예로 살지 않고 자기 인생의 주인으로 살아갈 수 있습니다. 🌾

갈등을 키울 것인가,
아니면 이익을
얻을 것인가

우리가 사물의 전모를 보지 못하고 편견에 사로잡히는 데는 사회 환경적 요인도 중요하게 작용합니다. 우리나라는 세계 유일의 분단국가예요. 아직 정전상태라 언제든 전쟁이 일어날 가능성이 있습니다.

분단 70년이 되어 국민 대다수는 전쟁의 위협에 둔감해졌다고 하지만, 분단 상황이라는 시대 조건에 영향을 받아서 자유롭게 사고하는 데 제약받는 일이 많습니다. 그래서 사회문제를 이야기할 때 자기와 입장이 다르면 "그건 위험한 생각이다"라고 매도하는 일이 벌어집니다. 또 분단의 틀에 갇히다보니 정치, 경제, 사회의 발전에 한계가 생깁니다. 통일이 되어 열린 사고를 가로막는 장벽이 무너져야 비로소 생각이 자유로워지고 미래를 설계하는 데도 창조적인 힘을 발휘할 수 있어요.

우리가 보통 서구 세계의 창의적인 사유와 깊이 있는 철학을 부러워하지만 그들도 처음부터 그랬던 것은 아닙니다. 그들도 중세라는 암흑의 시대를 지나왔잖아요. 신앙에 어긋나는 생각이나 발언은 엄청난 압박을 받고 종교재판에까지 회부되어 목숨을 잃는 등 수많은 시련을 겪어내고 자유를 얻은 것이지, 거저 얻어진 게 아니에요.

얼마 전에 어떤 분이 이렇게 물었습니다.

"지난번에 전쟁이 일어날 뻔한 상황이 있었을 때 회사 직원들과 얘기를 해보니 통일이 되는 것에는 동의하지만 본인들이 살아 있는 동안에는 싫다고 하더라고요. 자기가 죽은 뒤에나 통일이 되었으면 좋겠다는 겁니다. 그러나 저는 지금 정세를 봤을 때 빠른 시일 내에 통일이 되는 것이 좋다고 생각합니다. 그런데 통일에 부정적인 사람들에게 어떻게 얘기를 해주어야 좋을지 잘 모르겠습니다. 평범한 직장인인 제가 어떻게 해야 통일에 도움이 될 수 있을까요?"

제가 되물었습니다.

"왜 통일이 되는 것이 좋다고 생각해요?"

"네, 통일이 되면 일단 땅이 넓어지고요, 지금 우리나라가 섬처럼 고립되어 있는데 대륙으로 나아가는 위치로 부상할 수 있을 것 같습니다. 또 국방비에 들어가는 많은 돈을 다른 곳에도 쓸 수 있게 되니까 나라가 안정적으로 운영될 거라 생각합니다."

"동료에게 지금처럼 얘기하면 되지요."

"그렇게 얘기했더니 일단 세금을 많이 내야 하니 싫다고 하더라고요. 또 북한 사람들이 먹고살기 힘들어서 남한으로 많이 넘어오게 될 것이고, 그러면 많이 혼란스러워지게 될 것이고, 그 틈을 타서 북한 사람들이 무슨 짓을 할지 믿을 수가 없다는 겁니다."

통일이 되면 세금을 많이 내야 한다는 말도 맞고, 북한 사람들이 남한으로 많이 넘어와서 사회가 혼란스러워질 위험이 있다는 것도 맞는 얘기입니다.

먼저 비용 부담 문제는 북한 개발 비용을 소비 비용이라고 생각하기 때문에 자꾸 논란이 되는 겁니다. 그러나 북한 개발 비용은 투자 비용이에요. 예를 들어 무산 철광을 개발하려면 돈이 듭니다. 그러나 남의 나라에서 철광을 사오는 것에 비해 이것은 개발 비용만 투자하면 원자재는 공짜잖아요. 그래서 중국은 무산 철광에 10억 달러를 투자해서 30년 동안 채굴권을 가져갔어요. 그런데 우리는 통일이 되면 10억 달러를 줄 필요도 없어집니다. 희토류 등 희귀 금속과 금, 은 등 귀금속의 매장량이 매우 많습니다. 지금 북한의 지하자원은 남한의 약 30배 되는 양을 가지고 있다고 해요.

그리고 북한 주민 2,000만 명을 우리가 먹여 살려야 한다고 생각하면 소비가 됩니다. 그러나 지금 개성공단에서 일하는 북한 주민들에게 한 달에 임금 150달러를 주는데, 중국에서도 이렇게 값싼 노동력은 없습니다. 만약 북한의 값싼 양질의 노동력과 한국의 자본과 기술이 결합하면 통일 한국은 세계적인 생산기지가 될 수 있습니다. 결국 통일 비용은 어떻게 계산을 하느냐의 문제인데, 잘못된 계산법 때문에 통일 비용이 부담된다고 느끼는 거예요.

북한 개발 비용은 굳이 외국 돈을 빌려서 이자까지 부담할 필요 없이 우리 돈으로 쓰는 게 제일 좋습니다. 그러려면 우리가 세금을 조금 더 내야겠지요. 내 돈으로 투자해서 개발하면 이득이 그만큼 더 생기는 겁니다.

그러나 개인이 생각할 때는 세금이 10만 원 늘었는데 그로 인한 이득은 금방 눈에 보이지 않으니 저항이 있을 수밖에 없습니다. 그래서 이 문제는 국민들과 토론도 하고, 필요할 때는 설득을 해서 개인이 세금을 어디까지 부담해야 할지를 고려해야 합니다.

개인이 통일 비용으로 10년 동안 얼마를 내게 되면 북한 개발로 환수되는 이익이 어느 정도 돌아오는지를 계산해보면 됩니다. 같은 기간 동안 100만 원을 내었더니 나중에 500만 원이 돌아온다고 하면 낼 만하잖아요. 또 개발 비용이 부족하거나 국민이 부담된다고 느끼면 외자를 유치해서 투자개발 비용을 충당하면 됩니다.

통일은 취업이 어렵고 미래에 대한 불안으로 많은 것을 포기하고 사는 청년들에게 큰 돌파구가 될 수 있습니다. 북한에 도로를 닦고 전기를 공급하고 철도를 놓고 산에 나무를 심는 등 엄청난 투자가 일어나면 우리 산업 전반이 활기를 띨 겁니다. 또 800킬로미터가 넘게 국경이 맞닿아 있는 중국의 동북 3성 개발에 영향을 주게 돼요. 동북 3성이 우리의 소비

시장이 되고 자원 공급처가 됩니다. 그뿐만 아니라 한국과 일본의 자본과 기술에 시베리아의 자원, 동북 3성의 인력과 자원이 더해지면 환동해권 중심의 경제공동체를 형성할 수도 있어요. 그렇게 되면 통일 한국의 위상은 높아질 수밖에 없겠지요.

또한 지금 무기력하게 살고 있는 젊은이들의 의식 구조부터 크게 달라질 겁니다. 요즘 청소년들에게 꿈을 물어보면 '공무원'을 손꼽는 경우가 많습니다. 공무원이란 직업은 공익을 우선하는 사람들이 모여 들어야 하는데, 단지 불안한 현실 때문에 안정된 직장을 최우선으로 생각해서 공무원을 선호한다는 거예요.

그러나 통일이 되면 유럽에서 기차를 타고 여러 나라를 횡단하듯이 우리도 기차나 자전거를 타고 중국의 동북 3성이나 북경에도 가고 러시아의 연해주도 가고 시베리아도 가고 발해의 옛 땅도 돌아다니고 몽골도 갈 수 있게 됩니다. 그러면 젊은이들의 활동

무대가 넓어지면서 꿈의 크기도 달라질 겁니다.

  그런데 왜 남북은 통일을 위해 애쓰지 않을까요? 부부가 싸워서 별거를 하고 있는데 아이들을 생각하면 서로 양보해서 같이 살면 좋겠죠. 그런데 아내는 남편에게 "네가 잘못했다고 무릎 꿇고 빌면 같이 살 의향이 있다"고 말하고, 남편도 고집을 부리다 결국 이혼을 하게 됩니다. 그처럼 지난 과거에 남북이 서로 간에 쌓아온 악감정 때문에 통일이 어려운 겁니다. 통일하는 것이 이익임을 알아도 각자 자기편에서 주도권을 쥐려고 하기 때문에 해결이 안 되는 거예요.
  저는 남한이 힘이 좀더 있으니까 포용력을 가지고 이 문제를 풀면 어떨까 생각하는데, 상처가 있는 사람들은 "북한 놈들에게 왜 끌려다니냐" 하는 감정이 섞여 있어서 합의가 좀 어려운 게 사실입니다. 그러나 이런 사람들의 심리적 배경도 이해는 해야 합니다.

지금 우리는 새로운 세계를 만들어갈 중요한 순간에 살고 있음을 자각하고, 균형잡힌 시각으로 남북 문제도 바라봐야 합니다. 그리고 오늘 우리의 선택이 지금 세대뿐 아니라 미래 세대의 운명을 결정하는 중요한 기회라는 걸 생각해야 합니다.

북한이 하는 짓이 얄미워서 화내고 발로 차버리는 정책은 아주 감정적인 선택이에요. 나쁜 놈이라고 때려서 버릇이 고쳐지면 좋겠는데 오히려 반발해서 전쟁이 일어날 수도 있습니다. 아니면 중국에 의지하다 아예 중국의 영향력 아래로 들어가버릴 수도 있어요. 그럼 통일은 불가능해질 뿐만 아니라 결국 우리에게 큰 손해입니다.

지금처럼 계속 손해를 보면서 갈등을 키울 것인지, 아니면 이제라도 함께 번영의 길로 나아갈 것인지는 우리가 선택해야 해요. 물론 그러기에 앞서 철저하고 냉정한 현실인식이 있어야 합니다. 남한과 북한은 서로를 향해 총까지 겨누었던 적대관계가 맞습니다.

그동안의 갈등을 생각할 때 "북한은 우리 형제다"라고만 얘기하면 이상주의자고, "북한은 철천지원수다"라고만 하면 현실안주자예요. 현실에서는 남한과 북한이 적대관계지만, 앞으로 우리가 통일을 하려고 하면 북한하고만 할 수 있습니다. 일본과 통일하거나 미국과 통일할 수는 없잖아요. 즉 철천지원수도 북한이고, 한 형제가 될 것도 북한입니다.

북한은 장차 통일의 상대지만 현실적으로 적대관계라는 사실을 인정해야 합니다. 그래서 북한이 도발할 때는 강경하게 대응하는 것을 기본원칙으로 하되, 서로에게 이익이 되는 경제문제는 정치군사적인 것과 구분해서 함께 협력해나가는 거예요. 인도적 지원은 정치군사적인 것과 관계없이 순수하게 인도적 차원에서 판단해야 합니다. 북한 인권이 열악한 것은 사실이니 개선해나가야 하는데, 북한의 인권을 우리 수준으로 요구할 수는 없고, 북한의 현실에 맞게 점진적으로 개선해나가면 됩니다.

진보와 보수를 떠나 이런 큰 틀에서 접근해야 합니다. 우리 국민들은 북한과 전쟁하기를 원하지도 않고 또 북한에 일방적으로 끌려가는 것도 원하지 않아요. 교류와 협력만 얘기하고 도발에 아무런 대응을 안 하면 국민들은 북한에 끌려다닌다고 걱정할 겁니다. 그렇다고 북한이 도발할 때마다 강력하게 응징한다고 나서면 금방 전쟁날 것처럼 느껴지니까 국민들은 불안해해요. 북한의 도발에 강력하게 대응한다는 원칙을 세우되 평소에 경제적 교류와 협력을 도모한다면 전쟁 발발에 대한 염려가 줄어들겠지요.

항상 상대의 특수성을 인정하고 그것에 맞춰 대응해야 평화에 한 발 더 다가설 수 있습니다. 그런다고 절대 상대에게 끌려가는 것도 아니고 비굴한 것도 아닙니다. 더 큰 것을 향해 나아가는 거예요. 그것이 바로 갈등을 해소하고 평화를 유지하면서 서로 이익을 얻는 최고의 방법입니다. ❦

타 인 을
위 로 할 때
얻 는 공 덕

제 마음에서 분단의 장벽이 무너진 것은 1996년 8월, 중국 역사기행을 다닐 때 겪은 일 덕분이었습니다. 그때 안내를 맡았던 조선족 청년이 제게 "북한 아이들이 굶어 죽고 있다"라며 도움을 요청했어요. 몇 번이나 호소를 했는데도 저는 "말도 안 되는 소리다"라며 믿지 않았습니다.

그런데도 그 청년이 거듭 "사실이니 직접 확인해 보라"고 하기에 제가 '설마' 하는 마음으로 압록강에 배를 타고 나갔어요. 그랬더니 정말로 북한쪽 강변에 깡마른 아이들이 힘없이 앉아 있는 거예요. 너무 놀라서 제가 "애들아" 하고 불렀는데도 아이들은 고개를 들지 않았습니다.

보통 배고픈 아이들은 낯선 사람이 지나가면 사탕 하나라도 얻으려고 따라다니는데, 북한 아이들은 너무 반응이 없어서 이상했어요. 조선족 청년의 설명을 들어보니 북한 아이들은 아주 어릴 때부터 교육을 받아서 배가 고프더라도 나라 망신시키면 안 된다고 외부 사람에게 구걸을 절대 안 한다는 겁니다. 그래서 제가 갖고 있는 음식을 강변으로 던져주려고 하니까, 조선족 청년이 "여기는 국경이라 그러면 안 돼요"라며 말리는 거예요.

그때 너무나 가슴이 아팠습니다. 날아다니는 새도 이쪽에 먹을 게 없으면 강을 건너 저쪽으로 가는데, 어떻게 사람이 굶어 죽어 가는데 단지 국경을 갈라 놓았다는 이유로 음식을 건네줄 수 없는지 기가 막혔어요. 국가라는 것도 다 사람을 이롭게 하기 위해서 만든 것인데, 왜 굶어 죽는 사람을 못 돕게 하는지 비통한 심정이었습니다.

인도, 필리핀 등등 멀리까지 가서 남의 나라 아이들도 돕는데 정작 굶주리는 같은 민족의 아이들을 몇 미터 앞에 두고도 도울 수 없다니 분단국가의 현실이 얼마나 가혹한지를 뼈저리게 느꼈습니다.

이 일을 계기로 제 마음속 분단의 장벽이 허물어졌어요. 그날 이후로 사람들이 의혹의 눈초리를 보내고, 어떤 비난을 해도 북한 동포 돕기를 멈출 수 없게 되었습니다.

제가 어려운 사람들을 도울 때의 원칙은 세 가지입니다.

"배고픈 사람은 먹어야 하고, 병든 사람은 치료 받아야 하며, 어린아이는 제때 배워야 한다."

이것은 부처님의 마지막 유언에 나오는 말씀이기도 합니다.

아난존자가 "부처님께서 열반하시고 나면 누구에게 공양을 올려야 큰 공덕을 지을 수 있습니까?"라고 묻자 부처님께서는 이렇게 말씀하셨습니다.

"여래에게 올리는 공양과 똑같은 공덕이 있는 공양이 네 가지 있느니라. 첫째, 배고픈 사람에게 먹을 것을 줘서 배부르게 하고, 둘째, 병든 이에게 약을 줘서 치료하고, 셋째, 가난하고 외로운 자를 도우며 위로하고, 넷째, 청정한 수행자를 잘 외호하는 것이다."

지금 지구상에는 먹을 것이 없어서 굶어 죽는 사람, 굶어 죽지는 않더라도 영양실조에 걸린 사람이 무척 많습니다. 지구 전체 인구가 약 70억이라고 하는데, 그 가운데 20퍼센트 정도가 하루 일해서 버는 돈이 1달러가 채 안 되는 극빈자라고 합니다. 그걸로 본인은 물론 가족까지 먹고살아야 해요.

이런 사람들은 겨우 먹고사는 수준이라 영양실조 상태가 심각하고, 학교교육은커녕 병이 들어도 치료받을 엄두조차 못 냅니다. 파라티푸스 같은 비교적

가벼운 질병은 우리 돈으로 몇 천 원만 있어도 치료할 수 있습니다. 결핵환자도 10만 원 이내면 살릴 수 있는데, 이 정도 돈이 없어서 병에 걸렸다 하면 죽을 수밖에 없는 처지예요. 전 세계인의 20퍼센트가 이런 극빈층에 속합니다.

가까운 북한에서도 불과 몇 년 전(1995년~1998년)에 300만 명에 가까운 사람들이 굶어 죽고 병들어 죽었습니다. 그렇게 많은 사람들이 목숨을 잃었다는 것은 살아남은 사람들도 가족이나 이웃이 굶어 죽어가는 모습을 지켜보며 엄청난 아픔과 고통을 겪었다는 얘기입니다.

고통받는 사람들의 이야기를 들을 때 우리가 보이는 태도는 크게 두 가지로 나뉩니다. 하나는 외면하는 거예요. 이런 사람은 자기가 직접 경험해보기 전까지는 그런 고통을 이해하지 못합니다. 또 한 가지는 그들의 아픔에 빠져버려서 늘 근심에 젖어 있어요. 남의 고통을 아파하는 것은 외면하는 것보다는 나을 것 같지만, 실상 자기 생각에 갇혀 있는 건 둘 다 마찬가지예요. 정작 고통받는 당사자에겐 별 도움이 안 돼요.

저도 처음에는 많이 울고 다녔어요. 굶주리는 이들의 삶이 너무 비참해 보였으니까요. 비극적인 현실을 눈으로 직접 보지 못한 사람들은 쉽게 믿어지지 않을 것입니다.

인도적 구호활동을 하다보면 때로는 무관심한 사람들 때문에 화가 나고, 때로는 제 힘이 너무 미약하게 느껴져서 깊은 슬픔에 빠지기도 합니다. 그러나 내가 슬퍼하는 것이 고통받는 이들에게 아무 도움이 되지 않잖아요. 그런다고 달라지는 건 아무것도 없어요. 제 마음만 아픈 겁니다.

그러니 고통받는 사람들을 보면서 함께 괴로움에 빠질 게 아니라 '나는 그래도 아직 건강하고 먹고살 수 있으니 얼마나 다행인가' 이렇게 감사하게 생각하면서 그들을 한 명이라도 도울 수 있는 길을 찾아야 합니다. 걱정하느라 밤새 잠 못 들고 슬퍼하기보다 감사하는 마음으로 푹 자고 일어나서 무엇이든 현실적으로 도울 수 있는 일을 찾아보는 편이 더 나아요.

어려운 사람을 돕자고 하면 이렇게 생각하는 분들이 있습니다.

'나도 먹고살기 어려운데 남을 어떻게 돕나?'

'우리나라에도 가난한 사람이 얼마나 많은데 그들부터 도와야 하지 않나?'

'내가 가진 것으로 조금 도와봤자 표시나 나겠어?'

내 힘으로는 한 명밖에 도울 수 없는데 도움을 필요로 하는 사람이 열 명이라면 자신의 힘이 미약하다고 느껴질 거예요. 그러나 내가 할 수 있는 만큼만 하면 됩니다. 여건이 되는 대로 한 사람이든 두 사람이든 돕기 시작하면 돼요.

도움이 필요한 사람이 세상에 열 명만 있겠어요?

백 명, 천 명, 그보다도 훨씬 더 많기 때문에 도와야 할 사람 숫자를 세면서 내 능력이 부족하다고 한탄하면 괴롭기만 해요. 한 명을 도울 수 있으면 한 명을 돕고, 두 명을 도울 수 있으면 두 명을 도우면 됩니다. 자기 능력껏 하면 돼요.

이때 열 명을 도울 수 있는 능력이 되도록 원을 세워보는 것은 좋습니다. 욕심을 부리지 않고 원을 세우면 당장은 한 명밖에 도울 수 없지만 앞으로 열 명을 도울 수 있는 힘이 생겨요. 또 더 큰 원을 세우면 백 명을 도울 수 있는 힘이 생기면서 새로운 길이 열립니다. 그것은 내 지극한 정성을 보고 주위 사람들이 감동해서 동참하기 때문에 가능한 거예요. 그럴 때 생각지도 않은 기적 같은 일이 일어나기도 합니다.

우리가 남을 돕는 마음을 내면 그보다 몇 배나 더 큰 행복이 나에게 돌아옵니다. 그런데 많은 사람들의 행복관은 내가 도움을 받는 쪽에 치우쳐 있습니다. 태어나서부터 지금까지 '얻는 것이 행복'이라고 세뇌가 된 탓이에요.

하지만 받는 것을 행복으로 알고 살면 지금보다 경제적으로 훨씬 더 잘살게 되어도 늘 밖으로 복을 구하게 되고, 그러면 평생 정신적 빈곤감에서 벗어날 수 없어요. 운좋게 일시적 행복을 누릴 수 있을지는 몰라도 지속가능한 행복을 만들기는 어렵습니다.

예를 들어 내가 형편이 어려운 걸 알고 친구가 매달 100만 원씩 도와준다고 가정해봅시다. 그때 내 마음이 그저 좋기만 할까요? 돈을 받기 위해 친구를 만날 때마다 내 기분이 어떨까요? 그 친구 앞에서는 왠지 주눅이 들어 당당하지 못하고, 친구의 기분이 상하지 않도록 매사 조심하게 될 겁니다. 그의 부탁이라면 내 능력에 부치거나 올바르지 못한 일이어도 거절하기가 어려울 거예요.

남에게 도움받는 것을 좋아하는 사람은 그만큼 종

속된 삶을 살게 됩니다. 그래서 시간이 흘러 살 만해지면 어려운 시절에 도움을 받았던 사람을 만나기 싫어하는 경우가 많아요. 자신의 과거를 들추어내기가 싫기 때문이지요.

또 얻기를 바라는 사람의 소원이 성취되려면 남에게 도움받을 상황에 처해야만 합니다. 남에게 도움받을 상황이 된다는 것은 남이 보기에 불쌍한 사람, 가난한 사람, 병든 사람이 되어야 한다는 뜻이에요. 결국 도움받는 것을 기쁨으로 삼는 사람은 자기 존재를 불쌍하게 만드는 겁니다.

이것은 물질적 보시에만 적용되는 얘기가 아니에요. 얻으려고 하면 아무리 많은 것을 받아도 항상 부족함에 허덕이게 되고, 받을 때 잠깐, 덕 볼 때 잠깐 좋을 뿐이지, 그 행복이 오래가지 않습니다.

반면에 주려고 하고 나누려고 하면 가진 것에 상관없이 부자가 된 기분이에요. 꼭 큰 걸 나눠야 하는 건 아닙니다. 무엇이든 나누는 마음이면 돼요.

먹을 게 필요한 사람에게 밥 한 끼를 나누어주고, 옷이 필요한 사람에게 남는 옷을 내어주고, 넘어진 아이를 일으켜 세워주는 것도 모두 나눔입니다. 이렇게 작은 나눔을 실천하다보면 내어주는 것보다 얻는 게 훨씬 더 많아요.

우리는 저마다 괴롭고 힘든 문제들을 갖고 있습니다. 하지만 주위를 둘러보면 삶의 기본적인 조건도 갖추지 못한 채 하루하루를 고통 속에 사는 사람들이 적지 않아요. 우리가 그들의 아픔을 이해하고 위로하는 마음을 가지면, 단순히 남을 돕는 데서 그치지 않고 내 문제가 가벼워집니다.

'아, 내 문제는 별것 아니구나!'

'나는 참 가진 게 많은 행복한 사람이구나!'

남을 돕다보면 사소한 것에 연연하며 괴로워하던 마음이 감사하는 마음으로 바뀌면서 내가 행복해집니다. 이것이 바로 남을 돕는 공덕이에요. 🌷

사랑에도 차원이 있다

매년 1월이면 부처님의 발자취를 따라 걷는 인도 성지순례 행사가 있습니다. 순례를 하다보면 아이들이 새카만 손을 내밀며 "박시시 박시시" 하며 구걸을 합니다. 인정이 많은 우리나라 사람들은 불쌍하다며 호주머니를 뒤져서 1루피 동전을 나눠줍니다.

그런데 어찌된 일인지 처음에 불쌍하다며 가장 열심히 동전을 나눠주던 사람들이 조금 지나면 짜증을 내기 시작합니다. 그 이유가 무엇인가 하면 한 번 받았으면 돌아가야 하는데 또 달라고 하기 때문입니다.

"너, 아까 줬잖아."

"쟤는 빼라, 쟤. 방금 전에 나에게서 받은 애야."

이렇게 난리예요. 나눠준 동전은 우리 돈으로 치면 100원 정도 됩니다. 동전 하나 쥐놓고 그것도 두 번 받으면 난리를 칩니다. 이것이 현재 우리가 남을 돕는 수준입니다.

누군가를 돕겠다는 마음을 내더라도 상황과 조건에 구애받지 않고 지속적으로 마음을 내기란 생각만큼 쉬운 일이 아닙니다. 기독교로 말하면 예수님의 사랑이 있어야 하고, 불교로 치자면 보살의 마음이 있어야 합니다.

불교에서 지장보살은 지옥에 있는 중생을 모두 구제하겠다는 서원을 세운 분입니다. 지옥의 중생을 끊임없이 구제하고, 그들이 다시 굴러 떨어져 들어와도 결코 포기하지 않고 또다시 구제해주는 분이에요.

보통은 지옥에 떨어진 사람을 구제해주는 것도 어

렵겠지만, 같은 사람이 두 번 세 번 잘못을 반복해서 오면 "이 사람은 지난번에 건져줬는데 또 왔네. 더이상 구해줄 필요 없겠다" 이렇게 되기가 쉽습니다.

지옥에 떨어진 사람을 힘들게 건져놓았더니 또 떨어지고, 건져놓았더니 또 떨어지는 모습을 보면 우리 수준에서는 "쟤는 빼라" 이렇게 되는 것이지요.

그런데 지장보살의 마음은 우리의 마음과 다릅니다. 지옥에 떨어지는 것은 그들의 문제고, 구제하는 것은 자신의 서원이기 때문에 오늘도 끊임없이 지옥의 중생을 구제합니다.

제가 인도에 가서 불가촉천민을 돕게 된 계기는 1991년에 부처님의 발자취를 따라서 인도 여행을 처음 갔을 때 경험한 일 때문입니다. 캘커타에 도착한 첫날밤에 물을 사러 밖에 나갔는데, 어떤 여자가 아이를 안은 채 구걸을 하고 있었습니다.

나를 보자마자 옷을 잡아당겨서 따라갔더니 조그

만 구멍가게에 가서 아이 분유통을 가리켰습니다. '저걸 사달라고 하는 거구나' 싶어서 주인에게 얼마냐고 물었어요. 그러니까 주인이 60루피라고 했어요.

그런데 제가 여행을 오기 전 사전교육을 받을 때 '구걸하는 애들에게 절대 1루피 이상 주면 안 된다' '여기에서는 1루피도 큰돈이다'라고 들었던 것이 생각나면서 60루피라고 하니까 굉장히 큰돈같이 느껴졌습니다. 그래서 순간 깜짝 놀라서 사주지 않고 그냥 와버렸어요.

필요한 물만 두 병 사서 게스트하우스에 돌아와 안내해주던 교수님에게 "60루피면 우리 돈으로 얼마나 됩니까?" 하고 물었습니다. 그랬더니 2,400원이라고 하는 겁니다. 그 순간 머리가 띵해졌습니다. 그 사람은 2,400원짜리 분유를 사달라고 하는데 저는 마치 제 전 재산을 다 달라고 하는 것처럼 놀라며 와버렸거든요.

그동안 저는 가난한 사람을 도와야 한다면서 사회

운동도 해왔고, 절에서도 고통받는 사람들을 구제해야 한다며 많은 이야기도 했지만 제 눈앞에서 일어나는 일에 대해서는 마음이 돌아서버린 겁니다. 그걸 보면서 제 자신의 모순된 행동에 굉장한 충격을 받았어요.

그때부터는 짐 정리를 해서 남는 옷은 다 나누어주고 쓰려고 가지고 온 용돈도 나누어주었습니다. 그러자 아이들이 더 많이 저를 따라다니게 되었고, 그러다보니 같이 여행 온 사람들도 불평이 많았어요.

그러다가 며칠이 지난 후, 어느 시골 마을을 지났는데 아이들이 옹기종기 모여 앉아 있었습니다. 그 아이들에게 사탕을 꺼내서 주려고 불러 모으니 다가오기는커녕 오히려 아이들이 웃으면서 다 도망을 가버리는 겁니다. 그때 제가 다시 충격을 받았어요.

처음에는 가난한 사람이 구걸을 했지만 내가 못 준 것이 문제였는데, 다시 살펴보니까 가난하기 때문에 구걸하는 게 아니라 여행객이 무언가를 자꾸 줘서 구걸하게 됐다는 사실을 알게 된 겁니다. 이 아이들은 가난한데도 주는 사람이 없으니까 구걸이라는 게 없었던 거예요. 그래서 제가 준다고 하는데도 아이들은 부끄러워서 도망을 간 겁니다.

그때 '주어서 아이들이 구걸하게 만들었구나. 그러니 준다고 꼭 좋은 것만은 아니구나' 하는 걸 깨달았어요. 그래서 '앞으로는 절대로 안 줘야지' 하고 마음을 먹었습니다.

그 뒤 보드가야 근교의 수자타 템플을 찾아가는데, 이번에는 다리가 없어서 두 손을 짚고 다니는 아이가 제게 구걸을 했습니다. 제가 계속 안 주니까 1킬로미터 이상을 계속 따라오는 겁니다.

'이 아이는 볼펜 하나든 껌 한 통이든 사탕 하나든 얻기 위해서 이렇게 노력을 하는데 내가 안 주는 것이 과연 잘하는 것인가?'

이런 의구심이 들면서 그때 또 제 생각이 바뀐 겁니다.

결국 이 고민은 아이들의 문제가 아니라 제 문제였어요. 그래서 제가 '안 주는 나는 반성을 하되 거지가 되지 않게 해주는 방법이 무엇일까?'를 생각하게 되었고, 이것이 인도 불가촉천민 마을에 학교를 세우고 병원을 짓고 우물 파주는 일을 하게 된 계기가 되었습니다. 제가 시행착오를 저지르고 뉘우친 것이 오히려 좋은 일을 할 수 있는 기회가 된 셈입니다.

처음부터 베풀었으면 이런 생각도 못했겠죠. 그러니 잘못한 것이 꼭 나쁜 것만은 아닌 것 같습니다. 잘못했을 때 잘못한 줄 알고 뉘우치면 그게 오히려 진정한 사랑과 자비로 발전될 수도 있으니까요. 🌱

행 복 은
재미와 보람
속에 있다

지금 우리나라는 경제적으로 살기도 좋아졌고 의식도 열린 편이지만 여전히 무언가에 매여 산다는 점에서는 크게 달라지지 않았습니다. 옛날에는 종의 신분으로 주인을 잘 만나거나, 농노의 신분으로 좋은 땅을 배정받으려고 신분이나 토지에 매여 살았다면 요즘과 같은 자본주의 사회에서는 돈을 벌기 위해 돈에 매여 살아가고 있어요. 신분에 매여 있으나 땅에 매여 있으나 자본에 매여 있으나 매여 있는 것은 똑같습니다.

사람이 기쁨을 느낄 때는 두 가지 경우가 있어요. 하나는 자기가 원하는 일을 할 때, 다른 하나는 남에게 뭔가 도움을 줄 때 기쁨을 느낍니다.

그런데 현재의 재미만을 너무 추구하면 미래에 후회하거나 공허함을 느낄 때가 많습니다. 반대로 미래의 이익을 너무 염두에 두면 현재의 삶이 힘들어져 지치기 쉬워요.

그래서 가장 좋은 것은 지금도 재미있고 나중에도 이익이 되는 일입니다. 또 남에게도 이익이 되고 나에게도 이익이 되는 일이지요. 그러려면 남에게 도움이 되는 일이 곧 내 일이 되어야 합니다. 이렇게 일과 재미가 함께할 수 있다면 일이 곧 놀이가 되기 때문에, 일을 마치고 다른 곳에 가서 스트레스를 풀려고 굳이 애쓸 필요도 없어집니다.

삶에는 여러 가지 길이 있겠지만, 저는 제가 가진 재능이 어느 곳에 쓰이면 가장 효과적일까를 늘 연구합니다. 우리나라에서는 1,000원으로 할 수 있는 일이 굉장히 적은데, 인도에서는 1,000원이면 아이들 다섯 명이 한 끼를 먹을 수 있어요. 같은 1,000원이라도 몇 배의 효과를 내기 때문에 여기서 절약했다가 거기 가서 쓰면 돈의 가치가 커져서 보람이 더 큽니다. 그래서 저는 사람들이 가장 어려워하고 힘들어하는 곳에 더 찾아가려고 합니다. 효과적이면서 재미도 있고 보람도 크기 때문이에요.

사람들은 보통 천국에 가고 싶어합니다. 그런데 저는 천국에 가고 싶은 생각이 별로 없어요. 천국은 살기가 좋다는데 그런 곳이면 제가 가서 할 일이 없잖아요. 반대로 지옥에 가면 할 일이 많을 거잖아요. 그곳에 가면 제 작은 힘이라도 보탬이 될 테니까 필요에 따라 쓰이면 훨씬 재미있고 보람 있을 겁니다.

그래서 가끔 "예수천당 불신지옥"이라며 전도하시는 분들이 저더러 "당신, 예수 안 믿으면 지옥 간다" 하면 저는 "아이고, 감사합니다"라고 말합니다.

누구에게나 그 사람만이 가진 고유한 재능이 있고 좋아하고 잘할 수 있는 일이 있습니다.

'내가 가진 재능이 어디에 더 필요한가?'

'어디에 쓰면 더 효율적일까?'

이렇게 자기 재능을 효율적으로 사용하면 보람을 느끼고 재미가 생기고 자긍심이 커집니다. 그러면 '나는 필요 없는 사람이네. 그냥 죽어버릴까?' 하는 비관적인 생각 같은 건 절대 일어나지 않겠지요. '내가 좀더 노력해서 도와줘야겠다'는 생각으로 살면 저절로 얼굴에 생기가 돕니다.

내 재능을 활용하는 것은 직장을 선택하는 문제와도 관련이 있습니다. 과거에는 먹고살기가 힘들고 선택할 수 있는 직업의 폭이 좁았습니다. 월급을 많이 주는 직장을 구하는 것이 목표일 수밖에 없었습니다. 그런데 돈 많이 주는 직장에 다니면 직장에서 요구하는 수준이 높은 것은 물론이고, 그런 직장에 다닌다는 사실 때문에 가족과 주변의 기대가 높다보니 직장의 업무는 과중하고 그만큼 소비 지출도 커지게 마련이에요. 그래서 직장생활이 힘들어도 그만둘 수 없어 직장에 얽매이게 되지요. 한마디로 피곤한 삶을 살아야 했습니다.

이제라도 먹고사는 것만 어느 정도 해결되면 자신에게 좀더 의미 있고 즐겁게 생활할 수 있는 직장으로 눈을 돌리는 것이 현명합니다. 기업 이름에 연연하거나 남의 눈을 의식하는 사회적인 굴레에서 벗어나서, 이 세상에 필요한 사람, 세상에 잘 쓰이는 사람이 되겠다는 마음으로 살아갈 때 자기도 행복하고 세상에도 보탬이 됩니다.

저는 강의할 때 강사료를 받지 않습니다. 강사료를 받고 강의하면 노동이 되지만, 안 받고 그냥 하면 봉사가 되기 때문입니다. 사람이 대가를 받지 못하면서도 강제로 노동을 계속해야 한다면 그것은 '노예 생활'이고, 자기의 재능이나 능력을 돈 받고 팔면 '노동'

이라고 합니다. 100원을 받기로 하고 100원어치 노동을 해줬는데 50원밖에 못 받는다면 그건 '노동 착취'예요. 하지만 공익을 위해서 자발적으로 일을 하고 아무것도 받지 않으면 그것을 '봉사'라고 합니다. 따라서 일은 많이 하고 월급은 조금 받는 직장을 스스로 선택해서 다니면 봉사하는 것과 같아요. 반면에 일은 조금 하고, 월급은 많이 주는 직장에 다니면 빚지는 인생입니다.

이렇게 볼 때 돈을 받지 않고도 기꺼이 능력을 발휘하는 자원봉사야말로 가장 발전적인 노동이고 진정한 자유의 길이라고 할 수 있어요.

앞으로는 돈에 매여 직장을 선택하기보다는 자기가 좋아서, 또는 세상에 보탬이 되기 때문에 즐기며 일하는 사람들이 가치를 인정받게 될 겁니다. 그들이야말로 행복한 사람들이고, 행복한 사람들은 어디에서나 빛이 나게 마련이니까요. 재능기부 문화가 널리 퍼지고 있는 것도 그런 의미에서 긍정적이라고 할 수 있습니다.

자신을 간절히 필요로 하는 곳이 있고, 자신이 유용하게 쓰일 수 있다는 사실을 확인하면 자기 존재에 대한 오랜 회의에서 벗어나 진정한 삶의 가치를 발견하게 됩니다.

이렇듯 행복한 삶은 돈에 매이지 않는 것에서 시작됩니다. 돈을 얼마 더 받고 안 받고를 기준으로 삼는 것이 아니라 내 쓰임새가 어디에 있는가를 중심으로 판단하고 실천하는 겁니다. 그래서 내 꿈과 이상을 실현할 수 있으면 돈을 내고서라도 할 수 있어야 합니다. 진정한 행복은 재미와 보람 속에 있기 때문입니다. ☘

인생의 시간을
행 복 하 게
나누어 쓰는 법

어느 날 한 여성이 삶이 무기력하다며 어떻게 해야 이제라도 자아실현을 할 수 있는지 물었습니다.

"직장생활도 해봤고, 이것저것 경험을 해봐도 만족감을 얻지 못하고 있습니다. 아이들이 학교에 가게 된 다음부터 시간적으로 여유가 많아졌는데도 끊임없이 '나는 왜 행복하지 않을까?' 하고 고민을 했습니다. 생각해보니 언젠가부터 제 꿈을 잃고 살고 있더라고요. 어떻게 해야 이제라도 제가 원하는 꿈을 향해 살아갈 수 있을까요?"

직업을 구해서 돈 몇 푼 받아야만 자아실현이 아닙니다. 남편이 버는 돈으로 충분히 먹고살 만하다면 돈을 조금 더 벌어서 더 비싼 옷, 더 좋은 집에 살려고 아등바등하지 말고 성당이나 교회, 절에 가서 밥도 짓고 청소도 하고, 배고픈 사람들 점심 주는 곳에 가서 봉사활동을 해보세요. 그러면 얼굴에 생기가 돌고 기쁨이 샘솟을 겁니다.

남편에게 만날 일찍 들어오라고 잔소리하고 아이에게 공부하라고 야단치던 것들도 싹 사라지고 소소한 일들에 시비가 안 일어납니다. 자기 인생의 보람을 잃을 때 오히려 사소한 욕구가 더 크게 다가오는 법이지요.

결혼생활도 하고, 아이를 키우면서도 틈틈이 봉사활동을 하다보면 이렇게 마음 편히 봉사할 수 있게 뒷받침해준 남편에게 고마운 마음이 들게 됩니다. 그래서 낮에 봉사활동을 하고 집에 가면 밥 한 끼도 더 정성스럽게 차려주게 될 거예요.

남편은 일해서 돈 버는데 나는 집에서 쓰기만 한다고 열등감을 가질 필요도 없습니다. 자기 스케줄을 잘 조정해서 봉사활동을 열심히 하면 그것이 바로 자아실현이에요. 돈 받기 위해 하기 싫은 일을 억지로 해봤자 남의 집 종노릇 하는 것과 같습니다.

진정한 자아실현의 길을 찾고 있다면 세 가지 방법을 실천해보세요. 첫째, 가진 돈을 꺼내서 가난한 자에게 보시를 해보세요. 둘째, 복을 빌지 말고 그동안 은혜 입은 것에 대해서 감사기도를 하는 거예요. 셋째, 그동안 받은 은혜를 갚는 봉사활동을 시작해보세요. 그동안 꿈꿔온 자아실현이 저절로 이루어집니다.

그렇게 최소 3년 정도 봉사를 하고 나면 어떤 식으로든 길이 열릴 거예요. 그때부터는 다시 취업을 해도 괜찮습니다. 돈도 받지 않고 자원봉사를 열심히 했으니 무슨 일을 하더라도 즐겁고 편안할 거예요. 그렇지 않고 남 보기 좋은 곳에서 직장생활을 해야만 자아실현을 할 수 있다고 생각하고 일자리를 구하는 데 급급해한다면 늘 쫓기는 마음이어서 괴로움에서 벗어날 수가 없습니다.

세상에 잘 쓰이는 사람이 되라고 해서 결혼도 포기하고 돈도 버리고 출가해서 스님이 되라, 이런 얘기가 아닙니다. 감옥에 갈 각오를 하고 사회개혁 운동을 하라, 이런 얘기도 아니에요. 인생에 주어진 시간이 100이라면 80 정도는 현재의 자기 삶에 충실하면서도 20 정도는 세상문제에 관심을 가지고 세상에서 필요로 하는 일을 해보라는 것입니다. 그러면 직장도 다니고 연애도 하고 결혼도 하고 봉사활동도 할 수 있어요.

일상생활 속에서 20퍼센트의 시간을 내면 자기 삶을 더 복되게 살 수 있습니다. 보람 있는 일을 하면 즐거운 에너지가 샘솟기 때문에 나머지 80퍼센트의 시간만 가지고도 더 많은 일을 할 수 있어요. 이렇게 살면 설거지를 하든 청소를 하든 회사에서 일을 하든 언제 어디서나 즐겁게 살 수 있습니다.

인생의 시간에서 일부를 떼어 잘 활용한다는 것은 어떤 의미가 있을까요? 세계적인 기업 구글에는 '20퍼센트의 법칙'이라는 것이 있습니다. 전체 근무 시간의 20퍼센트를 직원들이 자유롭게 활용할 수 있는 제도입니다. 구글의 대표적인 상품이나 서비스의 대부분이 이 20퍼센트의 자유시간에 만들어졌다고 합니다.

우연의 일치겠지만 제가 환경과 빈곤, 평화문제에 주력하게 된 것도 활동의 일부를 현재의 일이 아닌 미래를 위해 자유롭게 고민하는 데 투자해서 얻은 결론이었어요.

'우리가 너무 현안에만 매여 있는 게 아닌가.'

'좀더 새로운 길을 모색해봐야겠다.'

30여 년 전 이런 생각으로 기존에 맡았던 일을 내려놓고 실무자들에게 자유롭게 뭐든 시도해보라고 했습니다.

그렇게 1년 이상 회의를 거듭한 결과 몇 가지 문제들이 부각됐어요. 첫째, 전 지구적인 차원에서는 환경문제, 둘째, 전 인류적인 차원에서는 제3세계 빈곤문제, 셋째, 민족적인 차원에서는 한반도의 평화정착과 민족 통일문제였지요. 그리고 개인적인 차원에서는 수행문제였습니다.

본격적으로 새로운 운동을 시작하기에 앞서 저부터 먼저 한 절에 들어가 부목으로 머슴살이를 하면서 스스로를 돌아봤습니다. 그러면서 그동안 쥐고 있던 현안을 모두 내려놓고 앞으로 가야 할 길을 모색하는 시간을 가졌어요.

당시에는 이런 저의 사업방식을 두고 주위에서 현안에 소홀하다고 논란이 많았지만 30년이 지난 지금은 환경운동, 구호활동, 통일운동에 앞장서온 데 대해 오히려 좋은 평가를 받기도 합니다.

그때 할애했던 시간과 노력들이 에너지를 충전하

고 삶을 진화시켰다고 할 수 있어요. 결국 무슨 일이든 이를 악물고 하기보다 고정된 틀에서 벗어나 자유롭게 시도할 때 오히려 더 좋은 결과를 얻을 수 있다는 얘기입니다.

우리는 남 따라 다람쥐 쳇바퀴 돌듯 바쁘게 달리느라 늘 시간의 빈곤에 허덕입니다. 그래서 일부 시간을 새롭게 쓰라고 하면 이렇게 반문합니다.

"당장 먹고살기도 어렵고, 잠잘 시간도 부족한데 그럴 시간이 어디 있나요?"

처음부터 많은 시간을 내는 것이 무리라면 하루 한 시간으로 시작해서 조금씩 늘려가도 됩니다. 여가시간에서 내든, 일을 줄이든, 쇼핑하는 시간을 줄이든, 텔레비전 보는 시간을 줄이든 마음을 내면 시간을 만드는 것은 불가능하지 않아요.

진정으로 기쁨과 행복을 맛보려면 삶의 보람을 찾아야 합니다. 힘들다고 불행한 건 아니에요. 보람이

있으면 몸은 힘들어도 마음은 행복합니다. 내 시간
을 주체적으로 활용하고 남에게도 도움이 될 때 자
긍심과 보람이 생겨서 저절로 행복해집니다. ✿

어떤 순간이라도
우리는 행복을
선택할 수 있다

우리는 스스로 불행할 수밖에 없는 이유를 자꾸 내세웁니다. 그러나 어떤 삶을 살고 있더라도 우리는 행복해질 권리가 있고 행복을 선택할 수 있어요.

어머니가 나를 버렸든, 아내와 이혼을 했든, 남편이 바람을 피웠든 관계없이 행복해질 권리가 있습니다. 그런데 대부분은 자신이 불행할 수밖에 없는 이유를 자꾸 내세워서 자신의 불행을 합리화합니다.

제 삶의 경쟁력은 다른 사람들보다 행복하다는 데 있습니다. 남들보다 얼마나 더 능력이 있고 얼마나 더 재주가 뛰어난지에 있지 않아요. 비록 나이가 들었지만 젊은 사람들보다 더 행복하고, 혼자 살지만 결혼한 사람보다 더 행복해요. 건강이 조금 안 좋지만 건강한 사람보다 행복합니다. 여러분들도 이런 행복의 무기를 하나씩은 가져야 합니다.

물론 우리가 아직 부족한 것도 사실이에요. 그래서 가끔은 짜증도 내고, 성질도 내고, 욕심도 내지만 '그래도 남보다는 내가 조금 더 행복하다. 짜증을 내지만 너보다는 덜 낸다. 나도 괴롭지만 너보다는 덜 괴롭다' 이런 마음을 가져야 합니다.

우리가 행복하고 불행한 것은 누구 책임인가요? 모두 자기 책임입니다. 자기 인생은 자기 외에 책임져 줄 사람이 아무도 없어요. 시험에 떨어져도, 실연을 당해도, 심지어 소중한 사람이 세상을 떠나도 행복하게 살아야 합니다. 어떤 이유에서든 괴로울 수밖에 없다고 하는 것은 인생을 낭비하는 거예요.

우리는 아무리 상황이 어렵고 힘들어도 행복하게 살 권리가 있습니다. 이것을 삶의 원칙으로 중심을 잡고 자기 인생을 남편이나 아내, 혹은 신에게 맡기지 않아야 해요. 자기 인생의 행과 불행은 자기가 결정한다는 것을 꼭 기억하세요. 부처님께서는 행복과 불행에 대해 이렇게 말씀하셨습니다.

행복도 내가 만드는 것이네
불행도 내가 만드는 것이네
진실로 그 행복과 불행
다른 사람이 만드는 것 아니네.

우리 사회와 국가에 대해서도 마찬가지입니다. 우리는 얹혀사는 객이 아니라 이 땅의 주인이에요.
여기서 불행하다고 미국으로 이민을 간다고 행복해질까요? 우리나라에 살 때는 미국만 가면 행복할 것 같았는데 막상 미국에 가보면 그렇지 않고, 청소년들은 대학만 가면 고생이 끝난 줄 알지만 그렇지 않죠. 또 결혼만 하면 숙제를 다 한 것 같을 테지만 오히려 더 많은 숙제가 기다리고 있습니다. 아이들이 다 크면 걱정이 없을 거라고 생각하지만, 아이들을 다 떠나보내고 나이 들어도 끝이 안 나죠? 이게 우리 인생입니다.

'이렇게 되면 행복할 거다.'

'이렇게 되면 자유로울 것이다.'

이것은 우리의 꿈이고 실제는 그렇지 않습니다.

그래서 어떤 상황에 처하든 지금 행복할 수 있어야 하고 지금 자유로울 수 있어야 합니다. 그렇지 않으면 시간이 흘러도 늘 해결이 안 됩니다. 그래서 행복하기 위해서 사는데 죽을 때까지 행복을 맛보지도 못하고 꿈만 꾸다가 죽는 사람이 많아요.

이제 더이상 꿈만 꾸지 말고 직접 행복을 경험해보아야 합니다.

그렇게 내 인생의 무거운 짐을 내려놓았다면 그때

부터는 다른 사람의 아픔에도 시선을 돌려보세요. 한 달에 몇 시간, 아니면 1년에 며칠은 자기 재능을 돈 받고 팔지 말고 남을 위해, 세상을 위해 써보세요.

나 혼자만 성공하겠다거나 나만 잘 살아보겠다는 생각이 아니라 이 세상에 필요한 사람, 세상에 기꺼이 쓰이는 사람이 되겠다는 마음으로 살아갈 때 자기도 행복하고 세상에도 보탬이 됩니다. 이것은 우리가 행복해질 권리를 실천하는 길이기도 합니다. 🌷

법륜 스님의 행복 _큰활자본

1판 1쇄 발행 2016년 4월 25일
1판 22쇄 발행 2022년 11월 1일

지은이 법륜
펴낸이 이선희

기획 이선희 이상옥 임혜진
편집 이선희 전진 구미화
독자모니터링 박소연 양은희
디자인 표지 김현우 본문 최정윤
마케팅 정민호 이숙재 김도윤 한민아 정진아 이민경 정유선 김수인
브랜딩 함유지 함근아 김희숙 고보미 박민재 박진희 정승민
제작 강신은 김동욱 임현식
제작처 한영문화사

펴낸곳 (주)나무의마음
출판등록 2016년 8월 25일 제406-2016-000107호

주소 10881 경기도 파주시 회동길 210
문의전화 031-955-2696(마케팅) 031-955-2643(편집) 031-955-8855(팩스)
전자우편 sunny@munhak.com

ISBN 978-89-546-4028-2 03810

www.munhak.com